fantasias urbanas

eric novello (org.)

1ª edição

editora draco

são paulo
2012

Publisher: Erick Santos Cardoso
Edição: Eric Novello
Revisão: Allana Dilene, Cirilo S. Lemos, José Roberto Vieira
Produção editorial: Janaina Chervezan
Arte e capa: Ericksama

Dados Internacionais de Catalogação na Publicação (CIP)
Ana Lúcia Merege 4667/CRB7

Fantasias urbanas / organizado por Eric Novello. – São Paulo : Draco, 2012.

ISBN 978-85-62942-44-0

1. Contos brasileiros I. Título.

CDD-869.93

Índices para catálogo sistemático:
1. Contos : Literatura brasileira 869.93

1ª edição, 2012

Editora Draco
R. José Cerqueira Bastos, 298
Jd. Esther Yolanda – São Paulo – SP
CEP 05373-090
editoradraco@gmail.com
www.editoradraco.com
www.facebook.com/editoradraco
twitter: @editoradraco

Nota do organizador

A cidade sempre foi parte importante da literatura de fantasia, independente de sua vertente. Na tentativa de transportar o leitor para um mundo novo ou mesmo por puro capricho, autores investem um tempo precioso na ambientação, muitas vezes tornando a cidade um elemento vivo que compete de igual para igual com os demais componentes da história.

Fantasias Urbanas é um recorte de um gênero que se consolida a passos largos no cenário nacional e vem se renovando a cada ano, atraindo mais e mais leitores. Uma coletânea que aposta na diversidade e no entretenimento, sem perder de vista a qualidade. Vai de textos leves e ligeiros a tramas densas e sombrias. Transita por ambientes clássicos com reis e magia, visita mitos imersos e mundos movidos a vapor e aporta bem no meio do caos contemporâneo, tudo para proporcionar a você, leitor, uma excelente viagem.

Escolha seu lugar junto a magos, zumbis, ocultistas, atlantes, múmias, autômatos, homens-morcego, entre muitos outros, e seja bem-vindo.

Eric Novello

fantasias urbanas

Agora pode ser contado — Antônio Luiz M. C. Costa

Nota taquigráfica do pronunciamento do companheiro primeiro-cônsul da Guilda dos Mensageiros da Capital, na abertura das celebrações do terceiro aniversário da Comuna de Atlântis, com observações referentes às manifestações do público. Sem cortes, para edição e publicação pelas gazetas de Atlântis.

Caros companheiros da Guilda dos Mensageiros da Capital, queridas camaradas de lide e de luta: nesta celebração do terceiro aniversário da Comuna de Atlântis, esperavam de mim, suponho, um longo e tedioso discurso em louvor da vitória sobre a tirania e a escravidão. Nada mais impróprio, percebi ao escrever: seria tiranizar meus pobres ouvintes, escravizá-los à minha vaidade de orador e chefe de guilda. Corria o risco de ouvir de vocês o que cantamos para o tirano: "Não! Basta! / Abaixo a opressão! / Por Chiuknawat! / Viva a Revolução!" (*risos e aplausos*).

Em vez disso, decidi lhes contar uma história. Não um conto de fadas, mas o relato verdadeiro de um caso que este que vos fala presenciou na juventude. Bem, confesso, "presenciei" é uma meia verdade e isso muitas vezes é pior que uma mentira. A verdade inteira é que eu me envolvi no acontecido até a raiz dos cabelos, que na época eu ainda tinha (*risos*). Mais que isso, se eu tivesse contado essa história quatro anos atrás, eu sairia preso deste anfiteatro e um tribunal me colocaria uma coleira de escravo, ou coisa pior. Talvez me transformassem em *soan*, em homem-animal. Que eu possa contá-la hoje, sem medo, mostra o quanto as coisas mudaram melhor do que qualquer discurseira metida a besta (*aplausos*).

Me imaginem jovem, magro, atlético, cabeludo... é, sei que é difícil (*risos*). Mas tentem, juro por Gutis que, há muito, muito tempo, eu fui assim! (*gargalhadas*) Eu, Payin Kimichin, um rapaz alto, bonito, sabido, desta cor de jabuticaba que a mulherada gosta tanto... Ainda por cima, com este sotaque gostoso que fiz questão de conservar, porque também faz sucesso com mulheres de todas as raças... (*risos*) eu sei, eu sei, não é pela cor nem pelo sotaque, mas pela fama que a acompanha e podem acreditar que é bem merecida! (*gargalhadas*)

Mas como eu ia dizendo, imaginem um tlavatli jovem, forte e boa-pinta, mas passando necessidades em uma aldeia do interior onde não tinha espaço para meus talentos que na época eram... bem... só para coisas que não prestavam! (*risos*) Coitada da mãe, que coração de ouro! No lugar dela, eu teria vendido esse malandro como servo, como escravo, para qualquer um que pagasse uns trocados... Não. Pensando bem, não. Teria dado de graça! (*risos*)

Como era ela, e não eu, isso nunca lhe passou pela cabeça. Fossem quais fossem os apertos, éramos seus filhos. Mas ela nos falava, "filhos, aqui não tem serviço pra todos, vão correr o mundo se puderem, dizem que na cidade dá pra viver melhor se os deuses quiserem". Bom, um dia eu criei vergonha na cara e resolvi que aquilo era comigo. Tinha que ser eu, pois era o mais bonito e esperto dos meus irmãos... (*risos*) Estão rindo de quê? O mais bonito e esperto, eu disse, não o mais modesto! (*gargalhadas*)

Mas se eu tinha de sair da minha terra, pensei comigo, não seria para qualquer cidade à toa. Não, eu queria ir para a maior e melhor! Tinha de ser Atlântis! Dinheiro para passagem eu não tinha, mas mamãe e meus irmãos e amigos e parentes, todos me ajudaram a inteirar a vaquinha. Alguns porque me queriam bem, outros porque queriam longe! (*risos*)

Então embarquei sem ter onde cair morto, sem mais posses que uma tanga e um farnel para comer na viagem, mas todo serelepe, certo de que ia fazer e acontecer na capital. Pobre de mim! Assim que o barco chegou às muralhas de Atlântis, meu queixo caiu até o fundo do canal. Nunca tinha imaginado uma cidade tão enorme! Aqueles de vocês que nasceram aqui não fazem ideia do impacto da capital para quem chega pela primeira vez, a bordo de uma gaiola fluvial que passa feito brinquedo entre as pernas da estátua de Varjá, vendo templos e palácios de oricalco até o horizonte, para qualquer lado que se olhe, cada um deles maior que a sua aldeia inteira. Até eu, o grande Kimichin, me senti insignificante! (*gargalhadas*)

Quando desci em terra, minhas pernas tremiam. Precisava de trabalho e logo. Não tinha dinheiro para voltar, só um estômago pedindo contas. Sabia que podia dormir de graça num albergue público, por algum tempo, mas depois, se não conseguisse me virar, ia ter de me vender como escravo, porque pedir esmolas era proibido.

O albergue era cheio de percevejos e de pobres coitados, mas poucos tão pobres quanto eu, que nem tinha uma esteira para pôr no chão ou uma rede para pendurar. Um marinheiro senzar que esqueci o nome mas não a pinta – um cara com músculos de bronze, mais alto que eu e com o dobro da minha largura – disse que dividia a rede e a marmita se eu desse pra ele... vocês adivinhem o quê (*risos*). Ora, eu não sou orgulhoso (*risos*), mas não era pra isso que eu tinha vindo de tão longe. Recusei e ele me olhou com desprezo: "o que pensas? Não há tantas opções para um capiau como tu, sem dinheiro nem profissão. Mas és jovem e bem-dotado, podes ganhar bem a vida como prostituto ou concubino. Se não, resta a ti ser mensageiro. Só é preciso pernas, mas é a maneira mais cansativa de ser pobre" (*vaias*).

Fiquei com o traseiro tão dolorido... (*risos*) não, não é o que vocês estão pensando, é que dormi sentado no chão frio! (*risos*) Foi aí que eu resolvi ser mensageiro (*risos*).

Procurei a Guilda no dia seguinte, para averiguar. Graças a Chiuknawat, sempre tinha e tem trabalho para mensageiros. Vagas surgem todo dia. Muitos desistem logo. Os que ficam um dia descobrem não ter mais pernas para correr duzentos estádios todo dia, se aposentam da rua e passam a contribuir nas atividades internas da Guilda. Mas como sabemos, é mentira que basta um bom par de pernas (*aplausos*). É preciso uma boa cabeça para decorar caminhos e recados nesta cidade de ruas labirínticas e gente doida. Mais importante ainda é saber calar o bico e jamais revelar às pessoas erradas os segredos que nos são confiados. Para isso, temos o mesmo privilégio dos sacerdotes de rejeitar a sondagem por telepatas da justiça e recusar prestar testemunho se não formos os próprios suspeitos, por isso nossas memórias têm a reputação de serem mais seguras que papéis lacrados. É o nosso lema: *lon kiós, ciôs dor, her hor,* "Patas de unicórnio, cabeça de elefante, boca de siri" (*aplausos entusiásticos*).

Graças a Mokekeloa, o examinador da Guilda ficou bem impressionado comigo. No mesmo dia, me mandou para o Tlormon, o bairro das Pirâmides, onde um mestre-mensageiro precisava de aprendizes. Não ouço ninguém rir agora, não é? Mas eu ria comigo mesmo, estava contente: tinha garantido um prato de comida e um canto onde dormir num dos melhores bairros da capital do mundo!

Claro que por anos a fio eu teria de bater perna fazendo só os trabalhos que o mestre quer nos dar e tendo de dividir o ganho meio a meio até ele resolver atestar à Guilda que estamos prontos para sermos mensageiros plenos. Todos nós passamos por isso. Mas, como eu tinha muito fôlego e boa memória, o mestre logo foi me encarregando de missões mais longas e complicadas. Nada melhor pra quem consegue dar conta: somando as tarifas por distância e urgência, mais as extraordinárias, dá para ganhar o dia e até mais com uma só mensagem, atravessar a cidade e ver coisas interessantes, em vez de ziguezaguear no bairro que nem barata tonta até ficar com a língua no chão e o saco nas nuvens (*risos*).

Foi uma dessas tarefas especiais que levou ao caso que quero contar. Nesses dias, eu tinha uma boa experiência e a segunda corrente de bronze. O mestre tinha prometido me emancipar antes do fim do ano, abrindo meu caminho para a terceira corrente, o que não estava nada mal para alguém da minha idade e origem. Ele me mandou ir a uma das oficinas de feitiçaria perto da Grande Pirâmide de Tloí e Dotlás, pegar uma encomenda e levá-la a um mercador no bairro das Adegas. Uma corrida de mais de 150 estádios ida e volta, valendo 200 mans pela taxa de urgência na ida. Fui à oficina e era um punhado desses amuletos que se coloca nos tonéis para o vinho não azedar. Pus na mochila e levei o embrulho à casa da família Zá Ruhar. Era um dia de muito sol e calor. Cheguei fedendo, resfolegando, suando em bicas. Como muitas casas de grandes mercadores, era uma combinação de palácio residencial com escritório comercial e mostruário de mercadorias. Uma construção luxuosa que, quando eles fugiram para o interior após a revolução, foi dividida entre quatro outras famílias (*murmúrios*).

Entrei no vasto saguão principal, onde atendiam visitantes, negociantes e mensageiros. Havia um grupo de pessoas apinhado em torno de alguma coisa que os fazia rir muito, mas estava tão cansado que não dei atenção. A mulher que recebeu a encomenda, uma senzar de cabelos grisalhos que devia ser da família, fez cara de nojo, pegou o pacote e entregou o pagamento com a ponta dos dedos. Como eu estava morrendo de sede, pedi um copo d'água. Ela chamou uma velha escrava tlavatli, que me fez lembrar minha mãe, e me mandou ir com ela ao refeitório dos escravos e empregados, nos fundos. Ali traguei metade duma moringa.

Já ia embora quando entrou pela mesma porta um senzar um pouco mais velho que eu, acobreado, cabelo liso e comprido, gordinho, com três correntes de prata e muitas joias e que – ouçam bem – arrastava por uma correia de couro uma escrava dengu novinha, muito magra e branca, completamente nua a não ser pelo cordãozinho na cintura, amuleto contra gravidez, e pela coleira de cobre, signo de escravidão, andando de quatro no chão e latindo feito cadela (*oooooh!*). Arrastava no chão os cabelos muito compridos, quase brancos de tão louros.

A escrava que me acompanhava se ajoelhou para o amo, que nem a olhou. Eu, constrangido, fiz uma reverência, pedi licença e ia sair, mas ele me deteve. "Vejo que trabalhas com dedicação, ao contrário dos nossos serviçais. Não poupaste esforços para trazeres a encomenda tão rapidamente quanto pudestes. Mereces uma gorjeta". Sorri, apesar de tudo: vocês sabem, nenhum aprendiz recusa um trocado extra que não vai ter de dividir com o mestre (*risinhos*). Mas aí ele completou: "a Minhoca é sua até o fim da tarde. Minhoca, limpe os pés do mensageiro" e deu-lhe um forte tapa na bunda. Ela latiu, rastejou aos meus pés empoeirados e os lambeu. Ele rindo como um retardado, eu sem saber o que fazer. "Vai subindo", disse ele. Olhos azuis bem abertos, ela começou a lamber pela minha canela acima e quando já ia pela coxa eu gritei "não!", muito envergonhado (*silêncio*).

O homem riu de novo: "que acanhado! Vai, leva a Minhoca para o quarto e diverte-te com ela como quiseres. Como quiseres! Velha, leve-o ao quarto de jogos". A escrava, que se mantinha ajoelhada e de cabeça baixa, ergueu-se, pegou a corrente que o homem lhe entregou e me disse para vir com ela. A moça me olhou como se implorasse que eu fosse. Confuso e suando ainda mais do que ao chegar, me deixei conduzir pela velha. A moça nos seguiu, sempre engatinhando (cochichos).

A velha nos deixou em um quarto e fechou a porta. Tinha pinturas de sacanagens, redes, almofadas, correntes, chicotes, cordas, palmatórias, consolos e assim por diante. A moça se pôs de pé, exibindo costelas salientes e contusões, me abraçou e me sussurrou: "Obrigada, tu és bom, tens compaixão nos olhos. Preciso de um momento de paz".

Ela me levou para sentar no meio das almofadas e eu perguntei, no mesmo tom: "quem é esse louco? Por que isso?" E ela: "psiu, não fales, ele nos vê e escuta de buracos na parede. Pelo amor de Medhuna, vem a mim, assim ele goza, entedia-se e nos dá um pouco em paz". Eu confesso pra vocês: eu não conseguia. Com todo o carinho, ela fez o que pôde, me beijando, lambendo e acariciando por toda parte. Quando mal e mal me pus à altura de representar o papel, ouvi um longo gemido vindo da parede. Depois, passos (*risos tímidos*).

"Ele já foi", disse ela, "se não me queres, descansa!" Quis apenas acalentá-la e ouvi-la. Ela aninhou-se nos meus braços, passou os dedos no meu cabelo empapado de suor e sussurrou que seu nome original era Helbha Gerilodhughter. O pai

Gerilo e o tio Deru eram sócios em um navio de cabotagem entre Atlântis e Tecité quando uma súbita tempestade fez o tio naufragar, perdendo a vida e três mil tonéis de vinho dos Zá Ruhar, no valor de trinta mil ases. Tudo que restou à família, incluindo casa e escravos, mal pagava um terço do prejuízo, e o patriarca Zá Ruhar Sezzan não transigiu: exigiu à justiça a servidão de toda a família devedora como compensação: o pai, a mãe, ela, os dois irmãos menores, a tia viúva e duas primas pequenas.

Gerilo propôs, porém, deixar a filha mais velha em garantia, na casa dos Zá Ruhar, enquanto ia a Tecité negociar com parentes um empréstimo para pagar o resto da dívida. Os demais aguardariam em liberdade, hospedados em casa de amigos. A juíza o autorizou, mas o pai não voltou no prazo e a família, procurada, desapareceu sem deixar rastro. O adivinho contratado pelos Ruhar determinou que o pai, percebendo que não conseguiria mais que uma fração do dinheiro necessário, decidiu aplicá-la num pequeno navio para vir clandestinamente a Atlântis, resgatar os parentes e levá-los a Tecité, sacrificando a primogênita (*oooooh...*).

Sezzan, furioso, foi à justiça, que lhe concedeu a penhora total da liberdade da jovem. Ela, que tinha acreditado na promessa do pai de voltar com o dinheiro e esperava retornar à vida normal e ao namorado, sentiu o coração cair num poço sem fundo. Sua última noite como Helbha foi de desespero. Entendeu o que os pais devem ter pensado – antes se perca uma que todos – mas não pôde aceitar. Tentou conformar-se com a ideia de passar o resto da vida como escrava e servir como criada ou concubina a Sezzan, ou a quem ele quisesse vendê-la. Não conseguiu – e o que a esperava era muito pior (*soluços, ranger de dentes*).

Em frente à tribuna da juíza e das testemunhas, ela se submeteu ao ritual. O oficial de justiça a despiu de todas as roupas e das insígnias de estatuto, principalmente as correntes de bronze e de liberdade e o pekenan, esse amuleto que protege todas as atlantes livres de estupro e de gravidez indesejada. Declarou, em nome do Casal Imperial, que a destituía de seu nome, família e clã e ela passava naquele momento a ser um bem móvel da família Zá Ruhar, que poderia chamá-la como bem entendesse e negociar sua propriedade nos termos da lei.

Colocou-lhe então ao pescoço a coleira de cobre e a forçou a se prostrar ante Sezzan: sentada sobre os calcanhares, curvada, braços esticados, testa encostada no chão, cabelo jogado à frente, oferecendo as nádegas e as costas nuas ao castigo. E entregou a chibata a Sezzan, que não se satisfez com os golpes simbólicos previstos pelo ritual e a açoitou brutalmente até o sangue escorrer, quando a juíza o repreendeu:

– Basta! Não é preciso tanto para tornar públicos vossos direitos sobre ela. Lembro-vos de que estes são amplos, mas não ilimitados. Deveis respeitar a vida e a integridade corporal da escrava e o castigo físico não deve incapacitar nem ser desproporcional à desobediência. Deveis recorrer ao tribunal caso uma falta grave justifique uma punição mais severa. A lei tem recursos para proteger proprietários e escravos e punir abusos de ambas as partes.

Puseram-na de pé, atordoada. Sezzan, de cara fechada, colocou a correia na coleira, atou-lhe as mãos às costas e a conduziu para casa do jeito que estava, acompanhado de parentes e escravos. Aos transeuntes espantados com o cortejo, repetia:

– Isto é o que acontece com quem tenta lograr os Zá Ruhar!

Ao chegar, chamou um dos sobrinhos, o que eu já conhecia, e dispensou o resto da família:

– Sobrinho, ouve-me com atenção. Como não tens cabeça para números e negócios, dou-te este encargo. Todos precisam saber que se a família dela tivesse se entregado honestamente, nós os trataríamos como servos de valor e até lhes permitiríamos acumular um pecúlio para resgatarem a liberdade, mas como não o fizeram, a refém pagará sozinha a dívida, com juros, multa e encargos legais. Seu trabalho e seu corpo têm valor insignificante em relação ao prejuízo que sua família nos causou, mas ela nos compensará como espetáculo e exemplo para intimidar quem possa pensar em nos fraudar. Deve ser humilhada em público, todos os dias, para instrução dos seus e dos nossos conhecidos e para quem quer que negocie conosco.

– Obedeço, tio. Mas a juíza não criará problemas? Os clientes não nos reprovarão?

– Pouco me importa nos chamarem de cruéis ou grosseiros. Quero que nos temam a ponto de correrem a vender a própria carne antes de cogitar a menor trapaça. Usa a imaginação para aviltá-la em público de maneira engraçada, sem indecência excessiva. Sobretudo evita odores nauseabundos, lembra-te de que vendemos aromas e sabores. Em particular, irás além e farás chegar os boatos ao povo, mas sem lhe derramar o sangue a ponto de nos criar problemas com a lei. Verás que os clientes se divertirão, mas nos temerão. Entendeste?

O gordinho seguiu as ordens à risca. Começou por fazê-la rastejar de pés e mãos amarradas pelo saguão, para que clientes, fornecedores e contatos vissem. Dizia a todos que ela se chamaria Minhoca, porque parecia um verme branco ao se arrastar nua no chão de mármore. Uns riam, outros ignoravam, nenhum protestou.

Quando uma cena perdia impacto, inventava outra. De braços atados, teve de pescar olhos de boi dentro de uma caixa fervilhante de vermes, cacarejar coberta de piche e penas, abrir a boca enquanto escravos a faziam de mictório e escarradeira, ser pendurada pelos pés de uma polia e mergulhada num barril d'água. Os espetáculos diários tornaram-se uma atração, aumentaram a frequência da casa. Se ela hesitava, era espancada e ameaçada com um destino ainda pior: desobediência contumaz, fuga ou agressão aos amos podiam dar motivo à justiça para degradá-la a não-pessoa e dar a Sezzan o poder de matá-la ou mutilá-la à vontade.

Ele nunca a mandou fazer sexo com ele, ela não era digna, não se cansava de repetir. Mas não estava abaixo da dignidade dele mandar escravos fazerem o diabo com ela na sua frente e masturbar-se, ou convidar alguém da rua e fazer o mesmo às escondidas.

– Nestes dias – contou-me ela – ele me faz de cadela. Tenho que andar de quatro, latir, arfar. Nos fundos, ele me faz comer lixo e dormir no canil com os cães. Até os faz montar em mim. Estou juntando coragem para me matar. É só pegar um espeto na cozinha e enfiar bem fundo no peito, quando ninguém estiver olhando. Será só uma dor e fim, não é?

Nisso, bateram à porta: o recreio tinha acabado. A velha escrava veio buscar a moça, que voltou a se pôr de quatro e repetir a pantomima. Eu os segui, chegando de novo à copa, onde um escravo tlavatli pôs uma gamela de restos de comida e frutas podres no chão, escarrou nela e misturou antes de chamar "Minhoca" para comer. Fiquei indignado:

– Pra que a maltratam tanto? Ela é uma de vocês! Não têm vergonha? (*palmas*)

O sujeito, da minha idade, deu de ombros.

– Antes ela do que eu. E não é por gosto, são ordens do amo (*vaias*).

– Ele nem está aqui para ver!

– Não se meta no que não é da sua conta! – ralhou a velha. – Seremos nós e não tu a sermos punidos se desobedecermos.

– Vocês têm os amos mais cruéis de Atlântis! (*palmas*)

– Para nós, não são. Não são mais duros que quaisquer outros, não mais que os de antes.

Eu não devia, mas tive que perguntar.

– E quem foram esses amos anteriores?

– A família dela (*aaaaah*).

Cheguei arrasado à pensão da Guilda, onde dividia um dormitório com outros aprendizes de mensageiros. Contei a eles, mas o caso não os impressionou tanto quanto eu esperava. A maioria deles tinha mais tempo em Atlântis do que eu e já vira coisas parecidas, ou piores. Um deles ia contar uma história, segundo ele, ainda mais triste, mas outro – um amigo tlavatli que está aqui presente, mas pode sossegar, não vou dizer seu nome (*murmúrios*) – o interrompeu:

– Ah, não, chega de falar de desgraças, alegria! Amanhã é feriado, aniversário da Imperatriz! Vamos à zona? Lá no Apicum tem um lugar onde ofereceram desconto se formos em grupo...

– Meu amigo, você não tem coração? – perguntei. – Não vê como isso é injusto?

– Antes ela do que eu – e deu de ombros como o criado de Sezzan. (*ooooh*) – Quem disse que a vida é justa? O certo é que a vida é muito curta para se preocupar ao invés de aproveitar.

Os outros aplaudiram e passaram a combinar a farra. Magoado, não os acompanhei. Em vez disso, resolvi visitar uma... amiga, digamos. Uma feiticeira que eu tinha conhecido no serviço e que três ou quatro vezes tinha voltado a ver para bater um papo, tomar um copo, tirar um atraso. Uma cari amorenada, de cabelos negros e ondulados, olhos e nariz grandes, seios bonitos, sorriso fácil. Mais velha que eu, mas não tanto assim (*murmúrios*).

Por razões que não vêm ao caso, ela tinha brigado há tempos com a Guilda, a Belit, e agora trabalhava pela própria conta e morava sozinha. Vivia à beira da pobreza, numa mansarda, porque exercer a profissão dessa maneira é tão difícil para um mago quanto para um de nós, até mais. Ninguém quer correr o risco de comprar um serviço sem o respaldo e as garantias de uma guilda, a não ser que o preço seja tão barato que o risco pareça valer a pena. Mas nem por isso ela perdia o bom humor. Era sempre uma companhia agradável.

Como tinha uns trocados sobrando, lembrei-me de passar no mercado e comprar uma garrafa de vinho branco e as tâmaras secas que ela adorava. Sem certeza de encontrá-la, subi os quatro lances de escadas e bati na sua porta. Ela estava com uma túnica verde bem simples.

– Kimichin-bã, que surpresa boa! Ontem mesmo eu me perguntava quando te veria de novo. Vem, senta-te! Que trouxeste?

– Olá, Iltani-bã, vim para ver você e me lembrei de que gosta disto – a salinha só tinha uma mesa baixa, tapetes e almofadas. Acomodei-me nelas e abri o pacote.

– Que amor! Veio a calhar, minha despensa está quase vazia. Esse mês foi tão fraco...

Ela trouxe uma travessa para as tâmaras, dois copos e um jarro largo para misturar o vinho com uma bilha de água fresca e render mais. Recostou-se comigo, brindamos e comemoramos a dois. Conversa vai, o vinho sobe, risada vem, a roupa desce, como dizem (*risos*). Fiz jus ao bom nome dos tlavatlis do interior e ela ao das caris da capital (*risos*). Depois, ela deitou-se no meu peito e me vendo calado e pensativo enquanto a acariciava, perguntou:

– O que tens? Alguma coisa te preocupa, talvez eu possa ajudar.

Contei, sem saber se mais me incomodava o suplício da moça, a crueldade dos amos, a imbecilidade dos curiosos, a indiferença dos outros, a inutilidade da minha indignação. Ela sorriu:

– É por isso que gosto de ti. Tu te importas, tens amor e raiva para dar.

– Que adianta, se não posso fazer nada?

– Às vezes podes, às vezes não. Se não sentes e queres, nunca farás nada. E neste caso, não sei, deixa-me pensar... talvez... sei uns truques... – virou-se, pôs um braço debaixo da cabeça, segurou o queixo, cruzou as pernas e olhou pro telhado, séria.

– De feitiçaria? – fiquei animado. – Fazê-la invisível e ajudá-la a escapar, ou coisa assim?

– Não, isso não! Até dá para fazer, mas ao souberem que ela fugiu, não importa o meio, os amos usarão um adivinho para encontrá-la e será o pior para ela e para nós. Não queremos ter de fugir do país, nem virar escravos, não é? – senti um frio na barriga. – É preciso que os tais Zá Ruhar pensem que ela está morta e a esqueçam de vez. Há poções que não matam, mas deixam a pessoa com a aparência de morta, sem pulso nem respiração...

– Entendi! Poderíamos resgatar o corpo assim que o enterrassem!

– ... sim, mas não resolve, porque muitos amos vendem os corpos dos escravos aos pedaços assim que morrem. Mãos, pés, cabelos, olhos, dentes, seios, vísceras, genitais, tudo isso tem valor para peruqueiros, médicos, xamãs, necromantes, alquimistas... e para feiticeiras como eu, tenho de admitir.

– Que horror! – me deu um arrepio de nojo. – Mas e quando os escravos morrem de doenças contagiosas? Isso não é perigoso?

– É isso! – levantou-se. – Genial! É a solução.

– Hem? Como?

– Há uma doença contagiosa contra a qual até a magia é quase ineficaz: *passod*, a peste branca. Nenhuma prevenção ou tratamento é garantido, quase todos morrem em um ou dois dias. Ninguém usa os corpos, é proibido até cremá-los, por receio de contaminar o ar e a água. São enterradas em caixões selados num canto da Necrópolis onde todos têm medo de ir.

– Mas aí ela morreria de verdade!

– Mas há um meio de simular todos os sintomas sem ter a doença. O ruim é que preciso dos restos de alguém que tenha morrido da coisa verdadeira...

A euforia por poder dar um pontapé no traseiro coletivo da cidade e corrigir uma de suas injustiças nos encorajou a levar adiante aquela loucura a qualquer custo. Cruzamos as muralhas no final da tarde, preparados para passar a noite na Necrópolis. Ela a conhecia muito bem. Uma feiticeira pobre muitas vezes precisa coletar ingredientes com as próprias mãos. Nenhuma das duas luas brilhava, mas ela usou uma varinha com um cristal mágico que brilhava feito uma vela e encontrou o caminho até o setor especial, a uns cinquenta estádios.

O último surto em Atlântis tinha sido três anos antes e ela me dizia que os corpos perdiam o poder de infectar depois de um ano. Provavelmente. Com a peste branca nunca dava para ter certeza. O garantido é que a experiência seria muito desagradável. Ela me explicou o que acontecia com corpos em caixões lacrados, mas é preciso ver para crer.

A área era protegida por uma cerca alta com pontas, mas esse era a menor das dificuldades. Usamos cordas e passamos com cuidado, levando nossas pás. Ela escolheu um lugar, plantou a varinha de luz e cavamos. Ela ficou de tanga, como eu, para trabalhar melhor. As pás bateram em algo duro, e ela me deu uma máscara de pano umedecido em alguma coisa de cheiro forte para tapar a boca e o nariz. Quando removemos um pouco mais de terra, a tampa do caixão saltou de repente, com um estouro, arre... (*tapa a boca, o público ofega*).

Desculpem, até hoje isso me revira o estômago. O gás era insuportável, mesmo com a máscara. Eu tinha a impressão de que o fedor ia chegar até a cidade, até o céu. Saímos do buraco e vomitamos, mas isso aliviou só um pouco. Voltamos. Enquanto eu segurava a luz, ela levantou a tampa solta do caixão – a vedação tinha arrebentado – e mostrou um mingau preto e viscoso, com fungos e ossos aparecendo aqui e ali. Ela pegou um pouco daquilo e um pedaço de osso e fechou num pote com tampa. Então nos apressamos a tapar de novo o buraco. Devia ter sido mais fácil do que abri-lo, mas com aquele fedor, não foi. Saímos exaustos, sentindo-nos doentes, tremendo de asco e de medo de pegar a peste branca.

Dias depois, ela me entregou uma cápsula de cobre do tamanho de um dedal. Ali tinha a poção da morte aparente, combinada com uma forma benigna de peste branca. Iltani me enviaria à casa dos Zá Ruhar com o pretexto de levar amostras grátis de amuletos como os da outra vez, que ela em segredo ofereceria pela metade do preço, caso encomendassem mais. Um tipo de manobra que as guildas detestam, mas não é rara. Tivemos de gastar nossos escassos cobres, porque alguns dos ingredientes são importados e ela teria de pagar a corrida ao mestre mensageiro como de costume, para não levantar suspeitas.

Quando cheguei, o saguão estava agitado. A moça estava numa rinha, onde tinha de caçar ratos e comê-los vivos, enquanto o gordinho e outros idiotas apostavam e riam. Ao menos, seguia viva. Fingi que não via, fui à mesma senhora senzar da recepção, que se surpreendeu com o brinde inesperado, deu um gritinho de alegria e chamou o sobrinho. Ele, contente, me mandou esperar e quando deu o espetáculo por encerrado, me ofereceu a Minhoca, sem dar sinal de me reconhecer. Como naquele dia ela era uma gata, teve de acompanhar de quatro, como da outra vez.

Quando ele nos deixou realmente a sós, contei o nosso plano. Para podermos contar com uma noite sem luas e também para que não associassem os acontecimentos à minha visita, ela deveria esperar o próximo dia de garça, dali a oito dias, para engolir o conteúdo da cápsula de uma vez, sem hesitar. Aceitava? Tinha como escondê-la até lá? Ela a pegou:

– O melhor lugar é aqui mesmo. Nunca sei o que me obrigarão a fazer, mas aqui ele me faz vir todo maldito dia e tem cantos onde ninguém mexe. Ah! Não conseguiria imaginar destino pior quando era livre, mas nesta vida, é o melhor presente que poderias me dar! Sabes? Cheguei a ter o espeto ao meu alcance duas vezes e tive medo não de morrer, mas de não dar certo.

Saí, apesar de tudo, com maus pressentimentos. Tanta coisa podia dar errado...

Dias depois, o golpe caiu sobre os Zá Ruhar (*palmas*). A cidade logo soube que uma das escravas tinha contraído a peste branca. Foi declarada quarentena de um mês sobre a casa e o distrito. Na tarde seguinte, dia de javali, uma carroça funerária especial da prefeitura foi buscar o corpo. Não se podia levá-lo de gôndola, pelo perigo de um acidente contaminar os canais. Escravos temerosos, usando máscaras e luvas, pegaram o corpo, envolveram-no em uma mortalha embebido em lixívia e o lacraram no caixão. O rabecão dirigiu-se à Necrópolis enquanto soava uma matraca especial, um aviso para as pessoas saírem do caminho e se trancarem em casa até que se afastasse. Iltani e eu vimos de longe quando passou pelas muralhas da cidade. Foi como se milhões de atlantes suspirassem ao mesmo tempo (*risos*).

À noite, fomos exumá-la. A terra ainda estava fofa, foi rápido. Rompemos o lacre com um pé-de-cabra, tiramos o corpo e o livramos da mortalha. Estava intacto, a não ser pelos milhares de pústulas brancas que cobriam toda a pele. Frio, mas não rígido: bom sinal, disse Iltani. Tapamos a cova de maneira que não se notasse que tinha sido mexida e levamos o corpo para um mausoléu antigo e esquecido, onde tínhamos escondido tudo de que precisávamos.

Agora era reanimá-la. Se falhasse, nós a teríamos libertado apenas para a morte. Dela e talvez também nossa e de centenas, pois podia significar a peste verdadeira. Estendemos o corpo sobre uma laje. Iltani pegou uma seringa, injetou alguma coisa na carótida e avisou:

– Junte sua boca à da moça e sopre ar com força enquanto eu trabalho o coração. Tem que começar a respirar sozinha em meio ag, ou nunca mais... (*ooooh*).

Já beijaram na boca uma pessoa morta de peste branca? Não é nada agradável, ainda menos quando se está morto de medo. Mas nesse ponto, só nos restava ir até o fim. Aquilo não acrescentava muito ao risco que tínhamos aceitado desde o começo. Pensei na minha mãe, na minha infância, nos amigos, revi minha vida tentando entender o rumo que ela tinha levado. Passou muito tempo, tempo demais. Então, de repente, Iltani anunciou:

– O coração está batendo! Só mais um pouco, coragem!

Um pouco depois, ela estava sentada, queixando-se da coceira insuportável, mas inteira. Iltani lhe passou um bálsamo na pele e lhe deu uma túnica. Com aquilo, as bexigas se curariam em dois ou três dias, sem cicatrizes. Enquanto isso, teríamos que ficar acampados na velha tumba, sem chamar a atenção. Tínhamos biscoitos e frutas secas. Gastamos até os últimos trocados de poupança na aventura, mas eu estava feliz, ia valer a pena. Conversamos muito nessas noites, falamos coisas de guerra e de amor, vocês podem imaginar – e se não podem, é que não merecem. Tenho até saudades dessa cripta, de uma família senzar desaparecida há gerações. O mais divertido foi ouvi-la falar do pânico dos Zá Ruhar, escravos e clientes ao vê-la com a praga branca, chorando em desespero e implorando piedade a todos os deuses que conheciam. Ela disse que só por isso teria valido a febre, o desconforto e as convulsões que sofreu, mesmo que tivesse morrido. E continuariam aterrorizados por pelo menos quarenta dias, que é o tempo normal de incubação da doença.

Quando a moça estava bem, Iltani explicou:

– Helbha-xin, precisamos decidir o que fazer. Podemos voltar com discrição e esconder-te. Não é tão difícil, ninguém te procura agora e são seis milhões de habitantes. Quando pudermos reunir dinheiro para passagem, podemos tentar enviar-te para Tecité, para que procures tua família. Mas sempre haverá o risco de alguém te reconhecer, na cidade ou na viagem...

– Morro de medo disso... E não quero ver meus pais nunca mais. Mas tenho alguma escolha?

– Posso fazer uma feitiçaria para mudar tua aparência. É menos perigosa do que tudo isso que já fizemos, mas é irreversível. Com os recursos que tenho aqui, posso oferecer-te três opções: transformar-te num homem dengu, numa mulher cari ou numa mulher tlavatli. Toma o tempo que precisares para decidir, ficaremos mais dois ou três dias, se for preciso.

Ela decidiu na manhã seguinte:

– Homem não quero ser. Entre ser cari ou tlavatli... não sei, mas me sentiria mais segura como tlavatli. Minha aparência mudaria mais e elas são mais numerosas e mais soltas que as caris, eu teria mais liberdade e seria mais fácil passar despercebida, mesmo com um passado nebuloso. Concordas?

Nesse caso, cabia a mim fornecer o ingrediente principal – trinta ti do meu sangue, algo mais que meia garrafa. À noite, quando ia me lancetar o braço, lhe ocorreu uma ideia:

– Helbha-xin, tu nos faria um grande favor?

– Ainda perguntas? Devo tudo a ti e Kimichin-xin. O que quiserdes, seja o que for.

– É... teu cabelo.

– Meu cabelo? – passou as mãos no cabelo sedoso, que lhe chegava à cintura.

– Algumas tlavatlis gostam de tranças compridas, mas a maioria usa o cabelo mais curto. Pergunto se me deixarias cortá-lo antes, porque essa cor, comprimento e qualidade são raros, valem seu peso em ouro. Desculpa-me o descaramento, mas nós ficamos sem um tostão...

– Claro! Raspa tudo, se é útil para vós! Bom proveito!

Com rapidez e jeito, Iltani pegou uma tesoura e lhe cortou as madeixas, deixando-a com um jeito de rapazinho, antes de voltar à operação. Recolheu meu sangue num pequeno caldeirão de cobre, enquanto Helbha olhava, atenta. Aplicou-me um curativo, foi lá fora, acendeu uma fogueira e misturou várias coisas ao sangue, enquanto o aquecia e recitava encantamentos em cari. De repente, o caldeirão e o conteúdo brilharam com luz própria e emitiram faíscas. Ela disse que estava pronto. Tirou o caldeirão e deu-o à moça, pra beber.

– Está muito quente! Queima a boca! – queixou-se ela.

– Paciência, tem que ser assim. Bebe o mais rápido que puderes.

Ela engoliu, fazendo caretas e então ficou tonta. Eu a amparei e levei de volta, deitando-a na laje. À luz da varinha de Iltani, vi a pele escurecer, os braços e pernas esticarem, o que ficara do cabelo enegrecer e encarapinhar-se, os lábios engrossarem e o nariz se achatar.

– Impressionante! – falei.

– Não é? Essa magia é semelhante à que se usa para fazer homens-animais, mas é bem mais rápida e menos penosa. Com animais, a metamorfose pode levar meses!

Arrepiei-me. Se tem alguma coisa que me amedrontava mais que a escravidão era ser transformado em homem-animal. Punição bem provável para nós três, se descobrissem os crimes que tínhamos cometido. Quis mudar de assunto rápido:

– Ela ficou bem parecida com uma prima minha...

– Acho que ficou mais bonita! Ela vai gostar, amanhã, quando acordar e se ver no espelho.

– Também acho. E se disséssemos que ela é minha prima e acabou de chegar do interior?

– Não! Vão estranhar, ela não tem o sotaque do interior, nem o jeito das tlavatlis, nem conhece bem seus costumes! Vamos ver, digamos que a mãe dela morreu no parto, aqui mesmo em Atlântis e ela foi criada por uma família dengu... (*ooooh... murmúrios*) depois, elaboramos os pormenores. Queres sugerir um nome para ela? Tu és como o pai desta criança e, se quiseres, de outras que podemos ter!

– Hem?

– Kimichin-xin, quero ser mãe de filhos teus, de pelo menos um! Não sei ver o futuro, não sei se ficaremos juntos, mas nunca amei alguém como amo a ti neste momento. Que um fruto do meu ventre me lembre disto para o resto da vida! Aceitas?

Creio que concebemos nosso primeiro filho naquela mesma noite, debaixo das estrelas e entre as tumbas que eram nossa morada provisória. Foi a primeira vez que transei com uma mulher sem o *pekenan*, sem sequer aquele cordãozinho (*risos*).

O nome que sugeri à nossa "afilhada", como alguns de vocês devem ter adivinhado, foi o de Watsin Xikamat (*OOOOH! AAAAAH!*) e sim, é a nossa suma-sacerdotisa de Chiuknawat, a liderança mais importante da Revolução depois de Tiakat, Tjurmyen e Sistu. Ela me autorizou a contar sua história e nos prestigia hoje como convidada especial (*Xikamat se levanta para cumprimentar a plateia. Prolongada salva de palmas*).

Naqueles dias, não sabíamos quem ela viria a ser, mas estávamos eufóricos por nossa pequena vitória. Os cabelos de Helbha renderam quinze ases, o suficiente para nos tirar do sufoco e pagarmos nossas dívidas. Xikamat foi morar com Iltani e eu me juntei a elas no fim do ano, quando o mestre me promoveu a mensageiro pleno. Cada uma delas veio a ter dois filhos meus. Um, vocês sabem, morreu na Revolução, mas essa é outra história.

Iltani e eu acabamos por criar a todos. Xikamat tentou ganhar a vida como vendedora ambulante de guloseimas e tentou ser uma boa mãe, mas não tinha muito mais jeito para essas coisas do que para feiticeira (*risos*). Mas um dia decidiu conhecer os cultos tlavatlis – que eu mesmo raramente frequentava, mesmo na minha terra – e ficou fascinada com Chiuknawat. Mais ainda ao se aprofundar e descobrir que a deusa estava ligada à rede então secreta que ajudava escravos fugidos.

Ao descobrir a vocação, Xikamat precisou nos deixar, porque o sacerdócio de Chiuknawat, como sabem, implica renunciar a laços familiares e domicílio fixo. Nos encarregou dos filhos, se deu de corpo e alma à missão, nos visitou, soube de nossas alegrias e tristezas, me ajudou e consolou quando Iltani sucumbiu a uma longa enfermidade e apresentou-me minha querida Sinkokopi-xin, segunda companheira de vida (*ela levanta-se e é aplaudida*).

Queridos companheiros, queridas camaradas, quero dedicar esta palestra a vocês, à lembrança de Iltani, a Xikamat e à nova Atlântis que ajudamos a construir. Agradeço a atenção de todos, acredito que concordam que esta história é mais interessante que os discursos de aniversário da Revolução que já estão virando rotina. Puxa vida, é a primeira vez em anos que falo desta tribuna e não vejo ninguém dormir! (*Risadas e aplausos, a plateia grita o nome de Kimichin, que em seguida puxa o coro para Iltani e, depois, Xikamat*).

O monge — José Roberto Vieira

1 – A Juíza

Syrah acordou com a parada estridente da locomotiva. Espreguiçou-se e puxou a cortina da janela, revelando a pequena, porém agitada, cidade de Latig.

Viu uma torre cilíndrica de ferro na praça principal, cercada por uma plataforma de madeira suspensa por cabos que abrigava uma estação de teleféricos. Estes levavam os passageiros ao chão ou a outras estações. Na base da torre, bondes movidos à Névoa, mais lentos que carros, porém confortáveis e gratuitos.

A loira tentava se acalmar. Era a primeira vez que viajava pelo Império e o nervosismo turvava seus pensamentos. Depois de quatro anos convivendo com as mesmas pessoas, faltava-lhe confiança para agir sozinha.

Ainda sentia a vibração do trem quando o homem ao seu lado falou:

– Espantoso, não? O Quinto Império levou a tecnologia da *Nepl* até as pequenas cidades – a Névoa, ou *Nepl,* era o combustível usado nas máquinas. Um recurso que tornara a nação rica e inabalável militarmente.

Syrah pertencia à *Kabalah*, a elite militar. Sardeck, o homem ao seu lado, era capitão das forças convencionais. O vagão onde estavam era de uso exclusivo do exército. Mesmo assim, quando subiu, pôde ver o respeito e admiração do povo-livre.

Tentava não se deixar levar por estes sentimentos. Aprendera no Cenóbio de Ahator a sempre se portar com distância e frieza, mas ali, em meio ao povo, só conseguia sentir afeto por eles e uma vontade de protegê-los que nunca sentira antes. Ao mesmo tempo, esse tipo de coisa irritava seu lado militar, relembrando o intenso treinamento dos *nookam*, os juízes, grupo ao qual pertencia.

– O norte é muito mais bonito no *Choref* – ela respondeu, desviando a atenção da rua e falando sobre a mais fria estação do ano. Seu companheiro tirava as malas do compartimento logo acima de suas cabeças.

Syrah usava um vestido grande, feminino demais para seus padrões, verde com babados brancos e chapéu com uma pena cinzenta. Quem olhasse para ela não diria tratar-se de uma *nookam*. Só que o livro que segurava nas mãos denunciava a verdade, com a Árvore da Vida em alto relevo na capa e preso ao braço por uma corrente. Se ela quisesse, poderia tirá-lo, como faziam os mais experientes, mas se permitia aquela pequena vaidade.

– É de se espantar que você tenha viajado tão pouco, senhora. Meus primeiros tribunais foram em Desdalain e Tosten, achei que ia morar no trem – Sardeck ficou com as duas malas e conduziu a mulher rumo à estação.

– Você já participou de um tribunal? – ela estranhou, os olhos esmeralda tentando achar nele um indício de mentira. Juízes sempre faziam isso quando duvidavam de alguém.

– Sim, senhora. Fui indicado diversas vezes por membros da *Kabalah* para ser jurado – Sardeck a ajudou a descer, o vestido a atrapalhava. Quis rir do jeito desengonçado da garota, mas considerou isso uma indelicadeza de sua parte. – Poderia ir sozinha até o hotel? Tenho que levar os documentos ao Ministério Público. O exército deixou um veículo para a senhora, basta pegar as chaves na recepção – ele informou assim que deixaram a estação.

– Sim, com certeza – ela respondeu olhando de canto de olho. Até queria ficar nervosa com a situação, mas seu treinamento lhe garantira um controle quase sobrenatural sobre si mesma.

– Não sei por que o exército enviou uma juíza recém-formada do Cenóbio de Ahator, mas li suas referências e a senhora parece apta a este julgamento – completou Sardeck, como que lendo a mente de Syrah. Em seguida, afastou-se e a deixou sozinha na escadaria.

Syrah deu mais uma examinada no porto. Por fim, cansada daquela barulheira, andou até o hotel. O prédio tinha três andares e o símbolo do exército em uma flâmula. O tapete da entrada era vermelho com bordados dourados. Havia candelabros nas paredes, mas não de velas e sim de lâmpadas, também alimentadas com a *Nepl*. Apresentou-se na recepção e foi encaminhada até o quarto. Deu alguns centavos para o menino que levou sua bagagem e trancou a porta.

O quarto era pequeno, mas luxuoso. A cama boa o suficiente para ela, banheira com duas torneiras, uma para água quente, outra para fria, sais de banho em uma prateleira. Despiu-se, não aguentava mais o vestido, porém o livro em seu braço foi tirado com zelo. Voltou à mala e colocou a túnica preta, em um malote pequeno pegou a máscara de vidro, um objeto que deveria usar no julgamento. Perdida nestes pensamentos, cochilou.

2 – O Inimigo

Cuspindo fumaça por onde passava, o triciclo negro desceu a rua em direção ao grande prédio no centro da cidade. Era um veículo rápido e potente, criado para altas velocidades e terrenos difíceis. Tinha dois pneus frontais bem grossos e um pneu traseiro fino. Acima destes, o motor escuro com detalhes em aço escovado. A cor original, amarela, há muito dera lugar a um tom preto.

Chegando ao prédio, diminuiu a velocidade e estacionou meio de lado, atrapalhando a passagem dos pedestres. Os milicianos, a princípio, exprimiram reprovação, mas o símbolo da *Kabalah* nas laterais do veículo os obrigou a ignorar o fato.

Syrah colocou o capacete no guidão. A cabeleira loira presa em uma rede de proteção, masculinizando-a. A seriedade era preocupação, tinha dormido demais e se atrasara para a audiência.

O prédio do Ministério Público era cercado por paredes altas com um portão de ferro. Ficava de frente para uma praça, bem próximo ao porto. Cada uma de suas esquinas ornamentada com uma gárgula de bronze que servia como guarda, autômatos disfarçados para proteger o local.

Syrah desceu e se encaminhou para a entrada, os soldados na porta bateram continência. Como era de se esperar, a juíza não respondeu, mas se sentiu mal com isso. Gostava de se relacionar com pessoas, mas sabia que os *nookam* como ela sempre se mantinham afastados para garantir imparcialidade em seus julgamentos. De todos os grupos da elite, eram os menos apreciados pelo povo.

O corredor principal era largo e alto, com quadros por todas as paredes. Armas de heróis de guerra em suportes com placas de homenagem logo abaixo e um vidro à frente para protegê-las de vandalismo ou furto. Bem no meio do prédio, uma fonte em forma de árvore jorrando água de seus caules. Qualquer movimento mais intenso ecoava, deixando Syrah incomodada. Ela diminuiu o ritmo, mas isso destacou ainda mais sua passagem.

– Você está atrasada. Isto será anotado nos autos – pronunciou uma voz.

Ao lado de uma porta que ela não percebera, Sardeck observava consternado. Não era de sua índole criticar soldados da elite, mas provavelmente lhe fora imposto isso para intimidar a juíza novata.

– O motor travou – mentiu Syrah. – Qual o júri? – emendou para não deixar Sardeck com espaço para mais perguntas.

– Apenas *bnei shoah*. A promotoria conseguiu organizar um verdadeiro teatro lá dentro. Eles querem a cabeça de seu protegido em uma bandeja. Tem certeza de que vai continuar? – o homem questionou, baixando a guarda. Os *bnei shoah* eram a aristocracia imperial, só eles faziam parte da *Kabalah*. Sardeck, por sua vez, era um *ggoyim*, o povo-livre na linguagem comum. Eles não eram obrigados a servir à *Kabalah* nem ao exército.

– Li os relatórios – Syrah comentou. Não era de todo verdade, passara os olhos neles enquanto descia as escadas do hotel.

Ela esfregou os olhos, uma mistura de cansaço e medo a invadiu. Retirou a máscara de vidro de um compartimento da túnica e a colocou sobre o rosto. Sua voz adquiriu um tom cavernoso e ela compreendeu por que as pessoas temiam tanto os *nookam*. Até a pose de Sardeck mudou para algo mais defensivo.

– Meu protegido é inocente, as leis Imperiais dizem isso. O tratado com Kuronaya garante anistia a qualquer fugitivo – ela completou.

– Este monge matou duas *sheyvet* inteiras. Nunca vi alguém vencer a elite militar tão facilmente. Isso deixou o tribunal em alvoroço. Além da acusação de homicídio, os juízes o processam por crime conta a Fé e o Estado. Se não tomarmos cuidado, podemos ser acusados também – Sardeck explicou, segurando a maçaneta da porta.

Syrah rememorava as poucas informações do processo. Há um mês um monge fora encontrado nas praias que davam acesso a Kuronaya, o oriente. Sem memória, desnorteado, atacou vários soldados com as mãos nuas e os matou. Duas *sheyvet* foram enviadas para detê-lo, sem sucesso.

Ela ainda não tinha visto seu cliente, mas recolhera provas para ajudá-lo. Não que estivesse interessada em dinheiro ou fama, só não queria que seus companheiros aniquilassem as leis imperiais em busca de justiça. Algo muito comum nesta situação.

– Eu preciso continuar. Se meus irmãos ignorarem a lei, que exemplo daremos ao povo? – ela respondeu. Há alguns anos, o Quinto Império e Kuronaya entraram em guerra, o povo oriental acabou recuando e perdendo a única porção continental de seu reino, Susanowo, assimilado pelo Império. Desde então, vários imigrantes se espalharam pelas cidades ocidentais. Um tratado entre as duas nações fora assinado e elas viviam em relativa harmonia. Porém, ainda restara o preconceito dos *ggoyim* e dos *bnei shoah*.

– Tudo bem, mas não se envolva com o monge. A propósito, está na hora de conhecer seu cliente – desistiu Sardeck.

Os dois voltaram para o corredor, andaram alguns metros e chegaram à sala do interrogatório, onde dez soldados convencionais montavam guarda. O local era grande, não tinha adereços nas paredes, mas uma delas era feita de vidro reflexivo. No centro, uma cadeira simples de madeira e uma mesa quadrada.

Aguardaram. A porta abriu de novo e cinco pessoas entraram na sala. Primeiro um sujeito alto carregando uma espadasserra, seguido de três mulheres, a primeira com um escudo laminado, outra portando alabarda e a última, armadura completa, cheia de ponteiros e tubos sinuosos nas costas. Por último, um rapaz de olhos vendados.

Então, o criminoso.

O monge estava amarrado em uma cadeira de rodas e cercado por dez soldados convencionais que lhe apontavam *baionetas*. Preso por uma camisa de força, o rosto coberto por uma máscara negra e os pés algemados.

– Que absurdo é esse? – protestou Syrah.

– Lamento, senhora, mas o indivíduo é perigoso demais para ficar livre – falou o homem com a espadaserra.

– Eu farei uma reclamação direta aos *yezirah* – Syrah murmurou.

– Fique à vontade, milady, foram ordens deles – o homem falou, avançando em direção ao monge e tirando-lhe a máscara. Seu sorriso era de desprezo.

Sardeck e Syrah não puderam evitar o assombro ao fitar o monge, um rosto diferente de tudo já visto.

Assim que a máscara foi retirada, uma longa cabeleira negra e sedosa desceu por suas costas. Tinha pele amarelada, olhos pequenos, quase dois riscos, o nariz curto e a boca fina. O que chamou mais a atenção, porém, foram as orelhas pontudas.

– O que é você? – tartamudeou Sardeck.

– Isto, senhor, é um monge de Kuronaya, sua raça se denomina *Kyõhei* – disse Arddhu, o homem com a espadasserra. – A senhora tem dez minutos. Mas não creio que ele vá falar, o desgraçado não abriu a boca desde que chegamos aqui.

– O senhor pode confiar em mim... – informou Syrah ao prisioneiro sem virar seus olhos esmeralda para Arddhu. – Preciso saber o seu nome, para poder defendê-lo.

Silêncio. De repente, a voz em pronúncia impecável.

– Tsutomo Yamaguchi. *Hibakusha* do Império de Kuronaya, a seu dispor, senhora.

3 – Tsutomo

– Vocês não têm esse direito! – berrou Syrah, arrastada pelos soldados convencionais. Tentava se desvencilhar, mas eram quatro contra ela. Um misto de repugnância e ira tomou a *nookam*. Dentro da sala, os membros da *Kabalah* prensavam Tsutomo contra a parede.

– Deixe-me entrar! – ordenou enquanto o rapaz de venda fechava a porta. Iriam recomeçar o interrogatório sem ela. Algo inconcebível para as leis que estudara tanto.

– Ele é nosso prisioneiro, mulher, você não tem poderes fora do tribunal! Queremos informações e vamos obtê-las a qualquer custo! – berrou Arddhu. Com uma das mãos segurava a espadasserra, a outra apertava o pescoço do oriental com toda a força. Sua raiva era notável. Syrah não entendeu aquilo, embora fosse óbvio que ele estava ressentido por não conseguir informações com o prisioneiro.

A porta da sala bateu. A loira se desvencilhou dos soldados e deu um chute nela, mas não abriu. Quando foi agarrada de novo deu uma ordem:

– Tirem as mãos de mim! – os convencionais obedeceram, Sardeck se aproximou cauteloso.

– Senhora, por favor, não podemos fazer nada. Eles têm autoridade sobre o prisioneiro. Principalmente se ele for uma ameaça ao Império.

– Eu sou uma *nookam* e exijo assistir a este interrogatório. Do contrário, denunciarei aquela *sheyvet* e o seu batalhão também, Sardeck – ela ameaçou. Mesmo usando a máscara de vidro era possível sentir sua fúria. Pegou o rifle de um dos soldados e atirou na maçaneta.

– Syrah! – espantou-se Sardeck. A bala formara um rombo, por ele via-se parte das pessoas, mas não se podia ter noção do que acontecia na sala.

– Não ouse me interromper! – a loira segurou a porta e tentou abrir, a maçaneta travara por causa do disparo. Amaldiçoou-se pelo gesto impulsivo. Um grito de dor veio da sala. Desesperou-se. Barulhos, som de cadeira quebrando, golpes, a mesa rachando. Um baque forte contra a porta. Outro. As dobradiças rangeram. Silêncio.

– O que aconteceu? – perguntou Syrah, colando o ouvido na porta. – Se eles o mataram...

Em resposta, a espadaserra rasgou a porta como se fosse papel. O corpo de Arddhu passou voando e se chocou contra os convencionais. Syrah caiu de lado, Sardeck foi atingido pelas lascas e cambaleou. Ia reagir, mas alguém o segurou e jogou contra a parede.

– Pare! – gritou a juíza, vendo Tsutomo atacando. A aparência do fugitivo era outra: nas costas portava a lança e no antebraço esquerdo amarrara a venda preta. Numa das mãos a espadasserrra, na outra o escudo laminado. Algo que notou: o homem não era tão alto quanto achava, na verdade era mais baixo e franzino que ela mesma.

De dentro da sala, a mulher de armadura pulou sobre ele, mas foi impelida para trás por um chute no estômago que amassou sua proteção no abdômen. Tombou arfando. Syrah cogitara ter ficado louca, o pé do *Hibakusha* estava coberto por uma fraca luz vermelha.

Tsutomo derrubou os poucos soldados que apareceram, empoleirou-se na janela e olhou por cima do ombro quando Syrah pediu:

– Por favor, não.

– Nós somos inimigos, *nookam.* Mas não precisamos ser – saltou tirando a lança das costas.

Syrah chegou até a janela, viu Tsutomo usar a arma como apoio no fio dos teleféricos e girar. Caiu em cima de um carro e se abaixou buscando equilíbrio. No susto, o motorista freou e bateu contra outro. O fugitivo aproveitou o impulso e rolou para frente.

Syrah correu para fora. O centro de Latig estava em caos com milicianos e cidadãos discutindo. Alguns procuraram o fugitivo, mas nem sinal dele. Syrah bufou. Excelente começo de carreira.

4 – A Verdade

Era noite quando chegou ao hotel. A escolta do batalhão de Sardeck pareceu muito mais uma vigia forçada do que proteção. Os soldados a olhavam com desconfiança e qualquer movimento brusco era seguido de apreensão.

O capitão desaparecera depois da luta contra o oriental. Dera a desculpa de que precisariam dele em outra base, Syrah não se importou. Sentia-se traída o suficiente naquele instante para dar atenção a um homem que conhecera há um dia. Pelo que sabia, nenhum membro da *sheyvet* tinha morrido na fuga, mas estavam hospitalizados e recebendo cuidados. Ela não conseguiu deixar de se alegrar com a notícia.

Sem ter o que fazer, abriu o livro de leis e releu alguns trechos. Queria encontrar as partes que falavam dos direitos dos estrangeiros e da anistia para os *Kyõhei.* Devia haver alguma coisa, ela sabia. Alternou o livro com o processo de Tsutomo. Conhecer mais sobre aquele famigerado guerreiro poderia ajudá-la no futuro.

Deparou-se com um conjunto de folhas amareladas e rabiscadas com estranhos símbolos desconhecidos. Estavam na vertical e obedeciam a um padrão. Ainda que tentasse, Syrah não conseguiu decifrá-los.

Virou as páginas e notou que a próxima parte era um relatório. Por sorte, havia a tradução daqueles rabiscos nas folhas amarelas: o relato de Tsutomo.

Minha vida teve início no sétimo dia de outono. Meus pais diziam que era uma tarde cinzenta, que os lobos tinham fugido e as ameixeiras abandonaram suas flores. Eu era uma criança amaldiçoada.

Mentira. Eles se esqueciam de que o outono era a data da mudança. Que em breve novas flores cresceriam e os lobos desceriam das montanhas. Esqueciam que seu filho nascera sob os auspícios do guerreiro, sob o signo do dragão.

Recebi meus primeiros treinamentos de meu pai. Foi ele quem me ensinou sobre o Ki, *a energia que cerca nossos corpos e que os outros povos chamavam de "alma". Para ele, a força interior era o ponto máximo a ser treinado, só com ela poderíamos derrotar nossos inimigos. Treinamos até que eu completasse quinze anos e finalmente pudesse me alistar no exército. Minha família ficou orgulhosa, velhos e jovens tomaram o arco da cidade e se despediram quando parti com outros meninos.*

Seríamos a nova força de combate dos Kyõhei. Seríamos Samurais.

Fiz os testes, aceitei os desafios. Fiquei três dias nas montanhas gélidas aguentando o hálito do dragão branco.

No fim, desisti.

Falhei na prova. Voltei para casa. Envergonhado, não fui reconhecido por meus pais, me transformei no pária de meu povo. Chorei sozinho à noite, e com apenas dezesseis anos, era um proscrito, uma mácula. Tentei me matar duas vezes, mas era tão covarde que me salvei no último instante. Nem a morte me queria.

Um dia, escutei gritos. Corri até meu vilarejo. Estranhos soldados em uniformes verdes e com uma árvore bordada nas costas atacavam minha família. Vi meu pai e outros adultos lutando por suas vidas. Vi minha mãe e as mulheres gritando, mas também lutando.

Virei as costas para eles e deixei que continuassem. Os gritos aumentaram. Um grande barco voador apareceu despejando mais soldados. Meu povo não contava com a tecnologia da Névoa para ajudá-lo, muito menos armas de fogo. Tiros. Mulheres caíram, homens lutaram com mais raiva.

Voltei. Lutei. Ao lado de meus pais e irmãos venci o exército do Quinto Império. Destruímos suas armas e permitimos que recolhessem seus mortos. Demos abrigo aos feridos. Lutamos mais vezes quando os reforços chegaram. Não desistimos.

Sempre com honra. Dignos. Respeitando o signo do dragão.

Então veio meu povo. Uma onda de guerreiros de olhos e orelhas pequenas e pontudas. Um povo cuja honra era maior que qualquer coisa. Sangue foi derramado. Liderei soldados mais jovens, meninos que tinham passado nos testes, mas não estavam preparados para matar e morrer. Samurais. Eu era mais do que eles. Melhor que eles. Mas desistira no passado. Então agora era um nada. Um nada que lutava em busca da própria morte.

O general me viu, orgulhou-se. Meu pai morreu, não achei seu corpo para enterrá-lo. Minha mãe se afogou ajudando crianças a cruzarem o rio para fugirem. Cremei seu corpo sob a ameixeira em nosso quintal.

O general me deu seu símbolo: o dragão fúcsia. Ostentei com orgulho aquela honra. Voltamos à batalha. Vencemos.

Tornei-me Hibakusha. Monge Guerreiro.

A primeira tradução terminava. Syrah virou as páginas,

encontrou mais uma folha com os relatos de Tsutomo. A data não deixava claro quando os fatos ocorreram. A nookam não sabia se devia continuar. Aquilo lhe parecia tão pessoal, tão cheio de segredos e confissões. Não era o relato de um assassino, era a fala de um povo em busca de sua identidade.

Perdemos. Nosso imperador declarou ao povo que não desejava mais mortes. Recolheu seus exércitos e voltou para as ilhas de Kuronaya. Meu vilarejo foi um daqueles que continuou nas praias de Susanowo. Encarregado de defender meus irmãos, clamei por mais guerreiros. Orgulho novamente. Mas dúvida: pelo que estava lutando?

Então surgiu o barco de novo. Um clangor terrível sobre a cabeça de nossas crianças. Cinco inimigos. Terríveis, muito mais poderosos do que os primeiros a nos atacar. Seu líder usava uma espada que rasgava e cortava. Luta. Mortes.

Eram a Sombra de Gelo. Sua fama percorria o continente. Eu os odiava por tudo que representavam e pelo que queriam fazer a meus irmãos. Nunca soube seus nomes, mas a cor de seus olhos e almas ficou gravada em minha memória.

Eles queriam as crianças. Queriam servos. Submissos. Escravos. Traído, fui levado até a cidade. Considerado inimigo. Queimaram meu dragão em uma chama comum. Desonra. Lembrei-me de meu pai. De quando fracassei. Meu julgamento não seria justo. Aquele povo das máquinas não é. Aqueles guerreiros não têm alma, não têm honra. São como lobos.

Os mesmos que sumiram quando nasci.

Syrah fechou o processo. A rede de mentiras na qual estava envolvida parecia pior a cada instante. Pensando direito, não fora selecionada pelas excelentes notas no Cenóbio, nem por sua humanidade. Mas exatamente por ser uma novata que não teria voz contra juízes mais experientes em um tribunal.

Assim, garantiriam ao réu o direito de defesa, mas ao mesmo tempo anulariam a chance dele sair livre.

– Droga – irritou-se e levantou para recolher a bagunça. Ouviu a janela abrindo e o vento entrando. Antes de se virar, já sabia que havia alguém dentro do quarto.

– Achei que você ia fugir, Tsutomo.

– *Sumimasen*. Não sem antes vê-la de novo – a voz do oriental era como sua grafia. Algo delicada, mas incisiva e precisa. Andou silencioso como um gato até a juíza e recolheu os papéis. Demorou-se em seu testemunho na língua original.

– Minha vila precisa de *samurais*, mas só temos *shounen*, meninos – comentou. Syrah notou a saudade não somente na voz, mas nos gestos lentos e na forma como os dedos dele roçavam as pontas das folhas. Há quanto tempo aquele homem fora sequestrado? Por que a Sombra de Gelo mentira sobre sua captura?

– Por que você voltou? Ainda não entendi – ela indagou.

– Você me tratou com honra. Vim fazer a homenagem e prestar-lhe agradecimento – o homem respondeu com suavidade.

– Não julgue meu povo pelas ações de poucos – a loira pediu.

– Quer conhecer meu povo? – Tsutomo ofereceu.

– Você não quer conhecer o meu de verdade? – ela ofertou.

Silêncio. Ponderavam as opções. Nenhum tinha mais a perder do que o outro. Tsumoto era um estrangeiro voltando para casa, para a família. Syrah era uma viajante. Conheceria elementos novos, cultura nova. O que deixavam para trás?

– Me dê uma chance de julgá-lo, Tsutomo. Posso provar que as leis de meus irmãos são válidas – ela tremeu, apesar da armadilha, sabia que podia vencer. Aprendera no Cenóbio todas as estratégias de defesa do júri e podia usá-las agora.

– Se der errado? – ele questionou.

– Fugiremos e conhecerei seu povo – a juíza decretou.

O guerreiro assentiu, depositou as armas em cima da cama e se ajoelhou com as mãos na nuca. Syrah abriu a porta do quarto e deu o alarme. Um grupo de cinquenta soldados invadiu o hotel em poucos segundos e cercou o prisioneiro. Quieto, Tsutomo foi levado para um veículo blindado.

Syrah travou o livro de leis no pulso com a corrente, colocou o elmo de vidro sobre o rosto e seguiu seu caminho.

5 – Julgamentos

– O réu é acusado de Destruição de Patrimônio Público, Destruição de Patrimônio Privado, Lesão Corporal a civis, Lesão Corporal a militares convencionais e *Kabalah*, Tentativa de Homicídio Consumada contra soldados convencionais e *Kabalah*, Desvirtuamento da Fé Imperial e, por último, Fuga e Resistência à Prisão – ouvia-se a respiração do promotor em todo o tribunal. Depois de certificar que o júri acompanhava seu raciocínio, continuou. – Tendo as agravantes Coerção de Testemunha, Intimidação a Membro da *Kabalah* e Lesão Corporal a juiz, sua própria defensora – a voz do promotor eclodiu com violência. Sua máscara de vidro tinha ranhuras, o que indicava que a usava em combate. Syrah percebeu a sorte que tinha por ter descoberto os planos deles antes do julgamento, do contrário, estaria tremendo.

Olhou para Tsutomo, um ponto minúsculo em meio àqueles homenzarrões de preto. Como de costume, o réu estava no meio da grande sala redonda. Usava um macacão rubro, sua cabeça fora raspada e um “A” marcado com tinta vermelha em sua testa. A letra escarlate indicava que ele era um inimigo do estado, tinha componentes místicos e só um juiz podia removê-la. À sua frente, um pedestal simples com o escudo metalizado, a espadasserra, a lança e a venda preta. As armas utilizadas por ele e que serviam de prova à acusação.

No pedestal da defesa não havia nada. Em sua mesa, Syrah organizava papéis. Não tinha a menor ideia de como defender o amigo daquelas acusações falsas. Olhava para ele com ternura e pena. Pensou por um instante em como fugir daquela situação de maneira legal, mas seria impossível. Como Sardeck advertira, estavam em um circo, não em um julgamento.

– A senhora tem algo a dizer? – questionou o juiz, passando a palavra à defesa.

– Meritíssimo, tenho perguntas a fazer ao réu – ela começou, para espanto dos presentes. Sua mente dava voltas, o estômago tentava sair pela boca. As mãos tremiam e ela suava por baixo daquela máscara de vidro.

– Prossiga – o juiz lhe deu a oportunidade. Os veteranos, que formavam o corpo de jurados, mexeram-se nas cadeiras.

– Senhor Tsutomo, quantos homens de armas existiam em sua vila? – interpelou Syrah.

– Dez – o réu falou.

– Então, como vocês resistiram tanto tempo aos ataques de nosso exército? – a defensora indagou, escutou murmúrios contrariados dos outros juízes.

– Chamamos reforços – o acusado explicou.

– Com estes reforços os senhores baniram as forças imperiais? – ela ganhava a simpatia dos *nookam*, simulando defender seu cliente. Os mesmos que murmuravam contra ela, agora percebiam seu jogo. Balançavam a cabeça afirmativamente.

– Exato – Tsutomo respondeu desconfiado. Pouco conhecia das leis imperiais, mas elas não deveriam ser muito diferentes das suas.

– Seu povo atacou estes soldados para expulsá-los? – Syrah encadeava as perguntas, induzindo o réu ao erro. Em um tribunal comum seria advertida pelo juiz, mas ninguém se importava naquele caso.

– Sim, senhora – o oriental tartamudeou.

– Não sei como funcionam as leis de seu país, Kyõhei, mas no Quinto Império o assassinato de membros da *Kabalah* é passível de pena de morte – ela argumentou. Desta vez foi Tsutomo quem deixou o desconforto transparecer. – Sem mais perguntas, Excelência – Syrah finalizou.

Por formalidade, o juiz chamou o réu.

– Algo a dizer, estrangeiro?

– Não – a voz de Tsumoto soou baixa, fria.

– Defensora Syrah Hudges, a senhora tem mais perguntas ao réu? – o juiz pronunciou.

– Acho que não, excelência – respondeu ela debilmente.

– *Acha*? – o juiz perguntou incrédulo. Uma onda de risinhos escapou por baixo da máscara dos demais *nookam*. Tsutomo virou em sua direção. Até mesmo o impassível guerreiro se surpreendeu com a desistência. O acordo é que ela deveria protegê-lo, não entregá-lo.

– *Yurusenai* – pronunciou. Vendo a perplexidade dela, traduziu: – Imperdoável.

– Tenho certeza de que não, Meritíssimo. A defesa abdica de seu direito de resposta. Como fui ensinada, um estrangeiro não é mais importante que uma nação – a plenária fingiu revolta por aquela *nookam* desistir, mas no fundo cada um deles estava muito orgulhoso de vê-la entrar no jogo. Alguns chegaram até a comentar sobre a genialidade da moça e anotaram seu nome. Era certo que receberia cartas elogiosas mais tarde.

A loira se levantou e foi até o réu. Disse.

– *Gomem Nasai*. Lamento.

– *Hontou arigatou. Itsumo arigatou.* – Ao que ele respondeu. Tsutomo abaixou a cabeça, respirou fundo e fez um movimento rápido passando as correntes que prendiam suas mãos no pescoço da mulher.

– Guardas! – gritou o juiz que precedia o julgamento.

– Para trás, *gaijin*! – o oriental recuou, tinha visto uma janela e a usaria para fugir. Começou a andar lentamente até ela. Para sua sorte, os *nookam* não contavam com sua ousadia, e a arrogância os fizera dispensar os soldados convencionais que deveriam manter a segurança.

– *Kyõhei!* – Syrah exclamou.

– *Urusai*! Cale a boca! – com a mesma agilidade que demonstrara antes, Tsutomo abriu caminho na plenária até a janela mais próxima. Quando já estava perto o suficiente, pegou a primeira cadeira que viu e arrebentou o vidro. Syrah tentou correr, mas o fugitivo a enlaçou pela cintura e pulou.

Os dois caíram no pátio do ministério, pouco antes do muro. O portão da frente estava fechado, a guarda não esperava por eles. Latig estava a pleno vapor com carros e bondes por todo lado. A barulheira chegou com força total a seus ouvidos.

Ambos correram em direção ao triciclo preto e amarelo. Syrah, pela primeira vez, ria. Sentia-se livre, cheia de esperanças, como se toda a sociedade lhe impusesse dogmas e agora ela entendia que não precisava segui-los. Faltavam poucos metros para alcançarem o veículo. Mas antes de chegarem tiveram uma surpresa: um aeronavio pequeno e de velas pretas circundava o porto.

– *Yõkai!* Demônio! – gritou Tsutomo, vendo a máquina de guerra, a raiva o fazia confundir os idiomas. – *Kisama* que me sequestrou!

– Tem certeza? – perguntou Syrah.

– Velas *kuroi*! – antes que a juíza pudesse falar, Tsutomo correu em direção ao porto.

A garota teve um pressentimento ruim. Jogou-se por cima do triciclo e o usou para se proteger. Uma saraivada de tiros passou onde estava antes. Pelo aro traseiro, viu os atiradores, soldados convencionais, e os juízes. Por sorte o segundo grupo não estava armado.

Tsutomo pulou o muro do ministério. Syrah deu a volta no portão sem ser interpelada pelos guardas, que ainda não entendiam a situação.

Estancou. Uma multidão estava embaixo do aeronavio apontando e comentando entre si, alheios à confusão no Ministério.

Nesse momento, algo muito mais estranho aconteceu: o casco do aeronavio se abriu vagarosamente em uma comporta e uma enorme caixa prateada desceu presa por cordas. Quando ela se estabilizou, as várias amarras das laterais se soltaram, ficando apenas a da tampa.

Syrah parou para observar. Teve a impressão de ver Sardeck na amurada. Não só ele, mas boa parte de seu batalhão. Correu para perto da caixa. Sim, era o homem que a ajudara. O capitão vestia o uniforme do exército convencional, mas havia algo de diferente. A juíza não conseguiu definir muito bem o que era.

Alguém próximo à caixa reclamou. Syrah voltou sua atenção para aquela gente. Um homem mostrava o dedo sangrando. Havia tensão no círculo, muitos tentavam ver pelas frestas da caixa, mas não conseguiam.

A última corda puxou a tampa da caixa e ela se abriu. Um grito estridente eclodiu no centro da cidade. Latig parou. Houve exclamações de dor, passos, uma correria infernal ao redor de Syrah e Tsutomo. Pavor verdadeiro tomava a cidade. A juíza moveu a cabeça, preocupada com os guardas que vinham pegá-los. Mas seu companheiro alertou:

– *Ony*! – Tsutomo a jogou no chão fazendo um gesto para que tampasse os ouvidos. Instintivamente obedeceu. Ainda assim um horripilante berro ecoou dentro de sua cabeça. Sentiu um formigamento pelo corpo, a aura avermelhada de Tsutomo se expandiu e a protegeu. O formigamento cessou.

– O que está acontecendo? *Kyõhei*? – ela gritou virando a cabeça. O ar ondulava. Homens que corriam ao seu lado estancaram. Suas peles adquiriram uma tonalidade cinzenta. De repente outros fugitivos bateram contra eles, que tombaram e se espatifaram.

– Fuja! – era a primeira vez que a juíza escutava seu protegido implorar. Confiando, Syrah se ergueu e avançou para o ministério. Mais tiros, um a acertou no ombro, cambaleou e se ajoelhou, ficando ainda mais vulnerável. Sentiu-se patética, com seu treinamento devia ser capaz de vencer, mas a verdade, a cada instante, desmoronava seus conceitos.

Achou que ia morrer. Tsutomo surgiu ao seu lado, enfrentando alguém que ela não conseguia ver.

– *Baka*! – exclamou o oriental recebendo um violento golpe no peito.

A juíza tomou forças para se levantar. A expressão de pavor nos convencionais e nos juízes a deixou em alerta. Estavam recuando para dentro do ministério, porém, atrás havia soldados tentando sair e bloqueando sua passagem.

Syrah virou-se, o coração quase explodiu de medo. Tsutomo enfrentava duas figuras monstruosas. Ambas tinham o corpo ofídico e metálico, mas da cintura para cima eram mulheres de pele verde. As cabeças eram cobertas por fios de cobre, ferro e ouro. Elas se agitavam, tentavam atacar, mas o *Hibakusha* era um adversário formidável.

Impulsionada por aquele homem que defendia um povo que o odiava, Syrah partiu para briga. Ainda que fosse uma juíza, recebera treinamento de combate e podia ajudar.

As medusas atacaram com garras, não gritavam mais.

Tsutomo estava cheio de ferimentos no rosto e no peito, Syrah também. Era uma situação complicada. Não conseguiriam se safar. Usara até mesmo o livro de leis para se defender.

– Destruam todos eles! – gritou um dos juízes. Uma saraivada de balas atingiu a medusa, mas Syrah percebeu a tempo que eles não desviaram a mira. Tsutomo caiu, as costas sangrando.

– Eles vão matar a todos... – murmurou revoltada. Aproveitou que as criaturas se distraíram com os tiros e apoiou o *Hibakusha* no ombro.

– Precisamos ajudar – ele sentenciou.

– Eles não querem ajuda, vão nos matar se tiverem a chance – a *bnei shoah* explicou.

– Precisamos ajudar – o esforço sobrenatural do monge obrigou a juíza a soltá-lo. Antes que pudesse reclamar, viu-o correndo para a medusa que lutava contra os convencionais e agarrá-la pelas costas. A criatura tentou lutar, a aura vermelha de Tsutomo cresceu e os envolveu.

– Você não pode me vencer, monstro – o *hibakusha* falou. Segurou os fios em um rabo-de-cavalo e puxou com toda a força que lhe restava. Faíscas e vapor saíram daquela aberração. Ela gritou, os soldados à sua frente se tornaram pedra. Alguns juízes retardatários pararam em posições de desespero e dor.

O inimigo girou em si mesmo chicoteando a cauda e arrebentando as estátuas recém-criadas. Tsutomo deu um puxão nos fios e a medusa caiu para frente faiscando. Arrastou-se no chão por alguns metros, mas o oriental pisou em suas costas e ela parou de vez.

– Cuidado, Tsutomo! – escutou Syrah alertar. Outra medusa atacou e rolou com ele no chão. Tentando se desvencilhar, sentiu um golpe forte no braço e um osso estalou. Para seu terror, a medusa abriu a boca e se preparou para dar o grito mortal, porém uma máscara de vidro cobriu seu rosto.

O som foi abafado e reverberou no crânio da própria criatura. Ela se envergou de tal forma que quase formou um círculo. Aos poucos, as placas de metal de sua parte ofídica transformaram-se em pedra. A parte feminina perdeu a cor esverdeada e ficou cinzenta. A cabeça petrificou com a máscara impedindo que sua última expressão pudesse ser vista.

Syrah golpeou com toda a força, despedaçando de uma vez aquele adversário. Lascas de pedra se espalharam ao seu redor e poeira se levantou com *Nepl*.

– Não é o seu povo... por que salvá-lo, *Hibakusha*? – perguntou Syrah assim que Tsutomo surgiu em seu campo de visão através da sujeira.

– Exatamente por isso, *nookam-san* – o estrangeiro respondeu.

Heroína — Tiago Toy

A escuridão abafada veio como um tapa na cara.

Sua pele estava fria. A boca seca, os lábios rachados. As costas doíam como se estivesse deitado no piso de madeira há dias. O latejar nas têmporas parecia a contagem regressiva de uma bomba-relógio, o cérebro explodiria a qualquer momento.

A sensação de vazio no estômago machucava. Ao levantar-se, sentiu terra sob as palmas. Após dois tombos às cegas, firmou-se de pé. Se alguém dissesse que servira de chão de estábulo para cavalos descontrolados, não duvidaria.

Entre passos e tropeços perdidos, alcançou a parede, um apoio. Girou ao redor na esperança de descobrir um rumo. Nenhuma mísera linha de luz. Tateando a superfície lascada, contornou alguns obstáculos até chegar ao seu destino. Alisou o metal gelado, um ligeiro choque subiu pelas pontas dos dedos. Num ímpeto, escancarou a porta. O odor azedo invadiu as narinas. Um palavrão escapou e perdeu-se no escuro. A luz de esperança viria da geladeira, caso houvesse energia, o que não era o caso. Por mais corajoso que fosse, começava a pairar uma sensação angustiante de claustrofobia. Precisava enxergar.

Continuando seu trajeto com as mãos na parede, descobriu a porta. Girou a maçaneta uma vez. Outra. Estava trancada. Chutou a base repetidas vezes e parou quando sentiu a chave. Tremendo de fome e de algo semelhante a medo, girou-a e puxou a porta num ímpeto, atirando-se para fora.

Respirou fundo a brisa abafada da noite. Os postes sem luz e o céu sem estrelas não eram grandes aliados, mas conseguiu entender o cenário. O cortiço estava deserto. Som algum existia ali além das batidas aceleradas de seu coração e dos eventuais estalos dos ossos ao girar procurando alguém.

Chamou e não obteve resposta. Andou pelo cascalho até o portão tombado de madeira velha e passou sobre ele. O corredor estava morto. Poderia ser madrugada e todos estarem dormindo, mas não era isso. Algo pior acontecera, um mau pressentimento o dominava.

Um grito. Longe e perto demais. Uma voz masculina pedindo ajuda. Seguiu pela estreita ruela do cortiço até a saída, os pedidos de socorro morrendo antes que ele os alcançasse. Em frente ao cortiço havia uma enorme rotatória de grama mal cuidada que levava à estrada principal da cidadezinha. Era um lugar afastado de tudo, mas nunca estivera tão deserto. Meia dúzia de viaturas policiais e um caminhão de bombeiros. Todos abandonados. Uma maca manchada de sangue jazia tombada na parte de trás de uma ambulância. As luzes de alerta permaneciam ligadas, banhando de vermelho e azul o ambiente ao redor. Quem quer que tivesse gritado não estava mais ali. Estava morto, ele tinha certeza disso.

Num estalo, não sentiu mais nada. O medo, a fome, a sensação de estar em um pesadelo. Nada mais importava. Deu meia volta e correu até sua casa. Com a visão acostumada, conseguiu situar-se melhor e foi direto ao seu quarto. Tropeçou em algo que não fez questão de identificar e continuou. O celular estava sobre a cama, a bateria quase no zero, seu coração a mil.

Havia cinco ligações perdidas dela.

Seus olhos ardiam e as letras pareciam formigas alvoroçadas na página do livro. Não conseguiria se concentrar nem que disso dependesse sua vida, estava demasiado ansiosa. Tentava ler apenas para passar o tempo, pois encarar o ponteiro do relógio só fazia prolongar a espera.

Da janela viu a primeira estrela no céu púrpura. Ao sentir o mais leve resquício de sonolência, fechou o livro e se espreguiçou. Caiu no edredom rosa e abraçou uma almofada de pelúcia em formato de coração. Sentia que o sono viria num pestanejar, os olhos lacrimejando, mas ainda assim pegou o controle remoto no criado-mudo e ligou a TV. A imagem estava péssima. Trocou, nenhum canal funcionava direito. Desligou. Decidida a dormir com algum barulho, ligou o *iPod* e sintonizou na rádio. Sob chiados, reconheceu algumas palavras e só continuou a tentar ouvir por que o bairro dele havia sido mencionado.

Nos trechos entrecortados pela interferência, ela entendeu que algo acontecia na entrada da cidade e que o bairro, próximo à estrada, havia se transformado em um campo de guerra. Uma contagem absurda de mortos foi anunciada e o sono fugiu, dando lugar a uma preocupação dilacerante. Era algo grande como nunca ocorrera.

Num pulo da cama, alcançou o celular sob o criado-mudo e tocou a foto dele na tela inicial. Chamou por meio minuto até cair na caixa postal. Tentou novamente, as mãos trêmulas. Alguém atendeu. Não esperou muito e foi logo perguntando por ele. A ligação estava ininteligível, porém conseguiu reconhecer a voz de sua sogra. Ela pedia socorro, a ligação caiu. Tentou outra vez, mas desta vez estava desligado. Sentiu o nó amargo na garganta aumentando até explodir em lágrimas.

Correu até a janela e viu o alvoroço na rua. Os vizinhos todos curiosos fofocando na calçada, outros partindo em seus carros. Esticando-se para fora, viu luzes de um tráfego louco no centro da cidade. Da esquina do quarteirão, um carro surgiu a toda velocidade, alarmando os pedestres. A buzina tocava continuamente e o veículo não fazia menção de parar. Duas senhoras que futricavam no meio da rua não conseguiram ser rápidas o suficiente pra escapar do atropelamento. A pancada de uma das carolas arrebentou o para-brisa e originou o acidente seguinte. O carro, desgovernado, bateu na guia e arrebentou a grade de uma das casas, girando pela calçada. Foi rápido demais para que as pessoas no caminho tivessem tempo de se salvar.

O choque para os que estavam do outro lado foi tanto que não houve reação exceto gritar. O automóvel só parou de capotar ao bater em um poste de concreto, deixando uma trilha de destroços metálicos e humanos. Da janela, viu a filha de sete anos da vizinha no asfalto. Os espectadores correram para ajudar. Da rua de onde o carro assassino surgira uma frota de outros veículos disparava à direção contrária. Estavam fugindo. Ela não conseguia se mover. Nunca presenciara um acidente na vida. Uma coisa era ver na TV, outra era acontecer em frente a sua casa.

O chamado de um homem alertou a existência de um sobrevivente dentro do carro. Parecia impossível ter restado alguém, mas foi o que aconteceu. A porta amassada do carona, virada pra cima, era pressionada pelo lado de dentro. Quem quer que fosse, estava desesperado, pois não teve dificuldade em derrubar a lataria.

O sangue o cobria quase que completamente. A curiosidade humana sempre foi maior do que a preocupação sincera pelo próximo, e foi o que levou a maioria das pessoas a rodear o veículo. A aglomeração deve ter irritado o sobrevivente, pois ele pulou sobre um homem e, sem explicação, o atacou. Estava machucando-o, mordendo seu braço. O círculo de curiosos rapidamente se dispersou e o louco largou a primeira vítima para atacar os mais lentos. Os gritos aumentaram e a correria começou. Parecia um leão abatendo um bando de cervos. O mais estranho não era o homem ter sobrevivido ao acidente ou atacar as pessoas a mordidas e socos aleatórios, mas o fato de o primeiro mordido levantar-se e acompanhá-lo nas agressões. E mais estranho ainda as novas vítimas mordidas logo se juntarem ao ataque. Pareciam possuídas por demônios canibais. Mordiam sem ver a quem. Crianças, mulheres, velhos. Poucos conseguiram escapar e se trancar em suas casas.

Ela demorou a se recobrar e perceber estar sendo observada por dois de seus vizinhos, agora com os dentes expostos como animais. Foi só quando eles começaram a tentar escalar a grade do jardim que ela fechou a janela. Mais rápida do que achava ser capaz, tirou o *short* rosa do *baby-doll* e vestiu um jeans e os tênis. Pegou o celular e o guardou no bolso apertado, descendo a escada de dois em dois degraus. Pelo olho-mágico da porta, enxergou os vizinhos que continuavam no portão e a confusão ainda viva na rua. Correu para a cozinha e pegou a faca maior, um cutelo, derrubando o cepo da bancada. Não se preocupou em recolher as lâminas espalhadas pelo chão de mármore branco, abriu a porta dos fundos e saiu. Seria fácil passar pelo muro.

Estava indo atrás dele.

A fraca luz da noite só permitia ter uma vaga impressão do ambiente. Enxergar qualquer móvel ou possível visitante estava fora de questão. Chamou por sua mãe e irmã mais nova e não obteve resposta. Forçou a vista na esperança de vê-las ali, a salvo, em vão. Não havia sinal de vida, só a sensação de não estar sozinho.

O ar continuava fétido, uma cripta. Ao longe, ouviu novamente pedidos de socorro e correu para pegar o revólver que guardava sob o colchão fino e gasto. Checou e descobriu as duas balas remanescentes. Pouco, em momentos propícios, poderia se tornar suficiente. Discou no celular tentando novamente falar com ela, nem dava linha. Não sentia culpa por estar mais preocupado com ela do que com sua mãe ou todo o resto. Ela era tudo em sua vida. Podia perder quem fosse, menos ela. Sua importância excedia a necessidade de se alimentar, de se divertir, sua liberdade. Eram coisas pequenas se comparadas ao sentimento que os unia, ainda que brigassem contra o mundo para estarem juntos.

Desistiu do celular e seguiu com a ideia surgida no momento em que percebera que algo terrível havia acontecido: ir buscá-la.

Da entrada do cortiço, observou novamente a paisagem caótica. Não reconhecia seu lar sob a atmosfera mórbida que pairava. Engatilhou o revólver e deu os primeiros passos em direção aos veículos abandonados na rotatória. Os únicos transportes no aglomerado de casebres eram velhas bicicletas, nada seguro para entrar na cidade em sua busca.

A viatura mais próxima, lanterna de alerta falhando, estava com a porta aberta. Um rádio preso a um fio pendia no banco, um chiado baixo escapando como um sussurro.

Chamou enquanto apertava um botão, sem resposta. A chave não estava no contato. Correria se preciso, atravessaria a cidade com as próprias pernas, mas queria vê-la a salvo. Poderia tentar uma ligação direta como já fizera outras vezes, e temia não haver tempo para tanto. Deitou sobre os bancos, a mão com o revólver apoiada no volante, e tateou no escuro à procura da tampa.

Era um rapaz forte, do tipo machão, e ninguém poderia dizer que tinha sentimentos em seu coração, mesmo parentes próximos ou amigos. Ela, porém, sabia que ele era capaz de amá-la como ninguém o fizera ou faria. Quando estavam juntos nada mais existia. Ela era tudo que ele precisava. A companhia, o cheiro, o toque. Era sua droga, seu vício. Podia sentir seu cheiro misturado ao caro perfume que sempre usava, seu preferido. Queria abraçá-la, beijá-la, senti-la a salvo em seus braços, os únicos que a protegeriam de qualquer mal.

Quando sentiu o pé sendo puxado, demorou a entender o que acontecia. A imagem mudou quando dedos deslizaram em seu tornozelo. Não levantou rápido o bastante para evitar a mordida. Reprimiu o grito de dor e puxou as pernas para dentro do carro a tempo de ver algo se movimentando do lado de fora. De início não identificou qual bicho o mordera. Ignorou o misto de dor e comichão e ligou o visor do celular para quebrar o breu. Antes que pudesse recomeçar a procura, ouviu batidas seguidas de arranhões na lataria. Vinham da porta que havia fechado. O gemido que o bicho emitiu não se parecia com nada conhecido.

Ao sair do carro, qual não foi sua surpresa ao deparar-se com uma mulher rastejando no gramado seco, a boca expondo uma mancha negra de sangue. Com a força empregada nos arranhões, perdera algumas unhas, deixando as pontas dos dedos com sangue fresco. O cabelo negro estava emaranhado, tão caótico quanto a roupa de cor indecifrável coberta de sujeira. As pernas não mais existiam, esmagadas, deixando os ossos expostos. Havia saído debaixo da viatura, e tudo indicava que tivesse sido atropelada, o que não a impedia de continuar a rastejar.

Agora ciente da presença dele, trocara os gemidos por rosnados. Ele se perguntou se ela estava bem, não estava raciocinando. Ela parecia realmente um animal, com gestos e sons dignos de um. Tentava alcançá-lo enquanto lutava para sair do lugar, e ele entendeu o que queria: mordê-lo novamente.

Engatilhou o revólver, mais para assustá-la, e ouviu berros. Não gritos, berros. Vinham de algum lugar e aproximavam-se rápido. A mutilada trocou os rosnados pelos mesmos berros, como que em comunicação com sua espécie. Pela velocidade da aproximação, o que quer que estivesse vindo tinha pernas. O carro não seria o melhor esconderijo e as duas balas não seriam o bastante.

Partiu sorrateiro pelo outro lado da viatura, abandonando a mulher que se esvaía em sangue.

Todos os estabelecimentos da rua principal estavam fechados. Alguns rostos assustados observavam detrás das vidraças, trancados nas lojas, enquanto a multidão corria confusa, sem saber de que fugia.

As calçadas estavam intransitáveis, centenas de pares de pés pisoteando o que estivesse na frente, até pessoas. Rostos conhecidos e desconhecidos passavam como máscaras de medo seguindo em uma mesma direção, o lado contrário ao bairro dele.

Ela forçava passagem contra a corrente humana e se deparou com vários olhares que a observavam de relance, alguns curiosos – *O que ela vai fazer pr'aqueles lados?* – e outros hostis – *Saia da frente, sua imbecil!* Ninguém parecia se incomodar com o enorme cutelo em sua mão, a única preocupação evidente era a de continuar correndo.

De uma janela no alto do prédio da rádio local, um megafone amarelo despontava cuspindo palavras em alto e bom tom. Orientava a população a sair das ruas e ficar em suas casas, bloquear as entradas, não procurar entes queridos, armar-se com facas, enxadas, o que estivesse disponível. Ninguém escutava. O que ouviam era o próprio instinto, assim como ela.

Quando uma mão áspera pegou-a pelo braço ela pensou que seria arrastada contra sua vontade, mas reconheceu o rosto queimado de sol. Um vizinho dele, que morava no mesmo cortiço. Disse que a situação lá estava péssima, que foi onde tudo tinha começado, que ninguém havia ficado para trás. Ela perguntou por ele, mas o vizinho não soube dizer. Contou apenas que as pessoas estavam se mordendo e se matando. Aconselhou-a a segui-lo, mas ela não ouviu. Visualizou-o cercado pelo perigo e a decisão de continuar firmou-se ainda mais em sua cabeça. O rapaz desistiu de tentar persuadi-la e sumiu no mar de gente. Ela continuou.

Passou por entre alguns carros, ouvindo xingamentos disparados pelas frestas das janelas e buzinas incessantes. Ao subir em um capô para avançar, avistou uma agitação diferente dois quarteirões adiante. Lá as pessoas corriam umas sobre as outras, literalmente. Muitas exibiam roupas ensanguentadas e ferimentos tão grandes que era possível percebê-los a distância.

A gritaria vinha como uma onda. Ela ignorou o motorista, que socava o vidro preocupado com o carro sem perceber a morte se aproximando, e pulou para o outro lado. Aproveitou o cutelo para abrir caminho através da aglomeração, que se afastou assustada diante da lâmina erguida.

Chegou à rua mais próxima que dava de frente ao matagal, um caminho escondido entre os arbustos e árvores que preenchiam o bosque.

Encontrou uma bicicleta caída na sarjeta, e a empurrou até a trilha de terra. Então subiu e começou a pedalar, deixando para trás os berros que aumentavam ao longe.

Passando pela grama seca, ele olhava, apreensivo, e ignorava a coceira que sentia ao roçar do mato. A mulher arrastava-se mutilada ao redor da viatura, procurando-o. Não entendia seu comportamento, resumido a rastejos e grunhidos. Não parecia se incomodar com as pernas destroçadas. Não transparecia dor. Raiva, sim. O comportamento humano havia desaparecido.

Bastou deitar na grama para, pouco depois, os gritos vindos das sombras sumirem. Não tinham ido embora, estavam ali, calados. Farejando. Não podia vê-los, mas conseguia senti-los. Tentou controlar a própria respiração para diminuir o som.

O indicador alisava o gatilho, os olhos escuros vigiavam.

Uma menina surgiu do breu, o vestido roxo surrado e os pés descalços. Ele não via seu rosto, mas a conhecia. Moradora do cortiço, uma das várias crianças que passavam as tardes brincando naquela praça, não tinha mais de sete anos. Procurava alguém sem perceber o perigo do outro lado do carro. Chamava pela mãe, dizendo que havia visto alguém *normal.* Um moço. *Ele não estava doente.* Sua voz estava rouca, provavelmente de tanto chorar. Viu a pequena apontando uma direção qualquer, a mãe correndo e pegando-a pelos braços, gritando irritada por ela ter saído da casa.

Tarde demais.

Outros apareceram de onde a menina apontara. Maltrapilhos, sujos, histéricos, correndo desajeitados. De início ele pensou que estavam fugindo, mas logo se deu conta de que *eram* eles os que berravam. Estavam caçando.

A menina e a mãe não eram rápidas o bastante para escapar. A mulher ainda tentou puxar mais forte a filha, mas ela tropeçou e caiu, ficando para trás. A mãe continuou correndo para casa e a menina foi para o outro lado.

Seguia na direção exata dele escondido na grama. Ele cravou os dedos na terra, pronto para se levantar e atirar, e quando ela foi alcançada pelos canibais, não foi preciso lutar.

A mãe sumiu perseguida pelos demais, e não houve sinal do que acontecera em seguida, mas a menina foi puxada pelos cabelos. O primeiro mordeu-a no ombro, o segundo no braço. Ela gritou e tentou se desvencilhar, mas foi derrubada rapidamente, havia muito sangue. Um deles perdeu o interesse e partiu, o outro ainda a socou algumas vezes, e logo se foi também. A pobrezinha não sofreu muito, permaneceu imóvel enquanto o sangue escorria pela calçada. Ele via seu rostinho desmaiado caído de lado.

Não entendeu o que acabara de acontecer. Não sabia quem eram aquelas pessoas e porque haviam feito aquilo, mas entendeu o motivo de todos terem fugido. A sensação de estar em um sonho, que o acompanhara desde o momento em que acordara sozinho, sumiu. Sentia estar em um pesadelo real. Agora, com o ambiente mais silencioso, pôde ouvir batidas ao longe. Berros distantes. Talvez a mulher tivesse escapado.

E ele ficou espantado quando os olhos da menina se abriram. Ela levantou tão rápido quanto caíra e rosnou. Farejou por um breve instante. Imóvel, ele concluiu que estava longe de entender o que estava acontecendo.

O caminho traiçoeiro dificultava se equilibrar na bicicleta. Foco à frente, foco atrás, foco dos lados. Eles poderiam surgir de qualquer parte, do meio da vegetação, das milhares de árvores que formavam o bosque. Não avistara ninguém desde que fugira da avenida. Pretendia manter a solidão até chegar ao seu destino.

Não conseguia chorar ou lamentar, apenas respirava fundo e empregava força total nas pedaladas. Poderia aguentar qualquer dor por ele. Passaria o que fosse para vê-lo bem. Pedalou por uma ladeira e desceu sem frear por outra. Atravessou um riacho que mais parecia um fio d'água e continuou por mais alguns metros, então o avistou. O casebre. As copas das árvores baixas quase o camuflavam. Heras subiam pelas paredes rachadas e perdiam-se por uma fenda sob a telha quebrada. A porta e as janelas, todas de madeira, estavam fechadas. Muito dificilmente alguém arriscaria entrar em um lugar tão solitário, abandonado. Ela mesma era o tipo de garota que nunca entraria lá. Não era a mais pura verdade. Ela entrara, por ele. Muitas e muitas vezes ela entrou e esperou. Muitas vezes se amaram dentro daquele lugar. Eles não podiam ser vistos juntos em público. Ela não podia ir até a casa dele, assim como ele nunca iria à sua. Há dois anos seu pai, policial linha-dura, proibira o casal de se ver. Ameaçara mandá-lo pra cadeia se o relacionamento continuasse, um presídio em outro estado se possível. Não aceitava que sua filhinha, sua princesa, envolvesse-se com um bandido, um traficante, um zé-ninguém. Ele nunca poderia oferecer nada exceto o fundo do poço, a morte. Era tudo o que ela poderia esperar de alguém como ele. Nunca lhe daria uma vida digna, sendo que a dele não valia um centavo. Mas a paixão deixa as pessoas burras, e com ela não foi diferente. O amor que sentia era tamanho a ponto de não deixá-la enxergar a verdade nas palavras de seu pai. Por mais que gostassem um do outro, ele nunca seria o homem ideal, o cara certo. Era apenas o que ela queria. E ela não desistiria sem lutar. Podia ser filhinha de papai, uma dondoca, mas amava, e quando se ama se vai até o inferno por esse amor.

Após a descoberta do namoro, ele desapareceu por um mês até a poeira baixar e então voltou, e com ele veio o casebre. Por fora era apenas um local abandonado pelo tempo. Por dentro, iluminado com velas vermelhas com essência de *ylang-ylang* e havia uma cama grande e macia. Ali ela se entregou repetidas vezes, três ou mais a cada encontro. De início encontravam-se diariamente, e a desculpa era a de sair com as amigas ao shopping. Um tempo depois precisou tomar cuidado, pois uma briga com uma das amigas comprometeu os planos, então os encontros aconteciam apenas aos fins de semana. Demoraram a se acostumar a passar tantos dias longe, e vez ou outra conseguiam escapar durante a semana. A dificuldade de se verem o deixava irritado e, muitas vezes, violento.

Quando estava sob o efeito da heroína, sua preferida, passava dos limites. Ela não aguentava vê-lo daquela maneira e não sabia como reagir. Queria estar com ele, drogado ou não. Amava-o e seria seu pilar, não o deixaria afundar.

Tentou persuadi-lo, orientá-lo, mas de nada adiantava. Quando ameaçou deixá-lo, as coisas mudaram. Ele prometeu que tentaria abandonar o vício, mas precisava de tempo, não seria fácil. Ela aceitou e, embora não o visse mais drogado como antes, sabia que ele usava escondido. Meses depois, o pai recebeu um comunicado de alguém que vira sua filha entrando no bosque, sozinha. Após investigações por conta própria, o policial descobriu o refúgio secreto e destruiu o que encontrou lá dentro. A cama e pequenos objetos que traziam inúmeras lembranças de momentos apaixonados sucumbiram ao fogo, nada restou. Ela chegou ao local e não encontrou seu amado, apenas a fumaça negra e o pai tomado pela fúria.

A chuva que caiu em seguida evitou que o casebre fosse totalmente destruído por fora, mas por dentro não havia o que salvar. O sonho acabara mais uma vez. O pai usou de seu poder e colocou a polícia local no encalço do rapaz. Ele não aparecera naquele dia, talvez por entender o que havia acontecido, e sumira de circulação. Ninguém sabia dele, amigos ou familiares. Ela tampouco, e isso cortava seu coração como uma gilete dançando pra lá e pra cá.

Precisava de notícias e, num momento de determinação incauta, enfrentou o pai. Tudo o que ganhou foi um bofetão e uma passagem só de ida para estudar no exterior. Queria avisá-lo. Sabia que o pai conseguiria concretizar o plano, mas precisava avisá-lo. Ele poderia buscá-la, e então fugiriam. Por três dias tentou ligar, mas o celular estava sempre desligado. Mandou centenas de mensagens e a resposta nunca vinha. Até que uma tarde ele ligou. Estava na cidade vizinha, na casa de amigos, foragido, mas voltaria para ela. Ela contou sobre a viagem e os planos precisaram ser adiantados. Combinaram de fugir quatro dias depois. Ela iria até o aeroporto com o pai e de lá fugiria. Enfim estariam livres. Nos dias seguintes evitou falar muito ao telefone, não queria atrair suspeitas. Mostrava-se abatida, mas conformada. O pai dizia que era para seu próprio bem, e ela assentia, calada. Queria gritar, mas não o fazia. Faltavam três dias. Agora, apenas um. E logo após ter feito as malas e deitado pela última vez em sua cama, o caos começou. O plano seria drasticamente adiantado.

Uma piscadela foi o que bastou para voltar ao presente, perceber a movimentação por detrás do matagal nos fundos da casa e partir, as fortes pedaladas queimando os joelhos.

Alucinações foram suas companheiras por longas noites. Ele sabia que os monstros surgiriam à medida que se aprofundasse no mundo psicodélico ao qual era levado quando injetava a heroína. Por pior que fosse a sensação de vê-los, assustadoramente reais, o desejo de se sentir bem, como nada poderia lhe proporcionar, era maior. Esquecer os problemas, sentir-se nos braços de um anjo, o coração em um compasso extasiante. Nada poderia se comparar.

Não se lembrava de qual fora a última vez em que havia usado, mas a alucinação diante de seus olhos incrédulos indicava que não fazia muito tempo. Ver a menina que acabara de ser assassinada por maníacos se levantar, os olhos queimando em fúria, era a visão mais medonha que já tivera. Seja pelo fato de uma criança ser o monstro da vez, por ter levantado aparentemente morta, ou por estar perigosamente próxima. Ele lutava contra a vontade de sair gritando como uma criança assustada com o bicho-papão no armário.

Segurava tão firme a arma que podia sentir o molde em sua mão, o dedo travado, a ponto de pressionar o gatilho tão logo fosse preciso. Assistia à pequena diabinha tentando se orientar, procurando algo, talvez ele, os dentes à mostra, sangue escorrendo pelo queixo redondo. Os dedos encurvados estalavam, unhas prontas para dilacerar. Então entendeu. Era contagioso. Fora mordida, tornara-se um deles. A única explicação plausível, embora explicitamente insólita.

A voz da mãe acusava desespero, cercada por uma pequena aglomeração de outros loucos. Foram poucos segundos de desorientação, e a pequena recém-transformada partia em busca da primeira vítima, voltando para sua casa.

Ele aproveitou a deixa e se arrastou por alguns metros, levantando-se apenas quando sentiu que não seria visto. Ainda abaixado, percorreu o primeiro quarteirão após a rotatória e só parou ao perder de vista a iluminação fraca dos veículos em frente ao cortiço. Notou por mais de uma vez que havia sobreviventes, refugiados em suas casas, portas e janelas lacradas. Sabia que não seria ajudado. Talvez pelo fato de todos na cidade conhecerem sua fama de bandido, ou por saber que nem ele mesmo ajudaria. Não se preocupava com as pessoas, achava-as patéticas. Exceto ela.

Postou-se sob uma árvore, a casca grossa e escura, e observou. A rua estendia-se em uma escuridão silenciosa. Sabia que surpresas ruins espreitavam nas próximas esquinas. Sentia medo como nunca sentira na vida, mas precisava enfrentá-lo. Ela precisava dele.

Ignorou a ardência no ferimento e lembrou-se de que a alguns metros estava o atalho que conduzia ao casebre. Então rumou em direção ao destino incerto.

Ela sentia a brisa crepuscular deslizando pelo rosto enquanto descia a ladeira asfaltada, o bosque deixado para trás. Por mais gelada que a noite estivesse, o sangue fervia. O peito queimava a cada inspirada do ar frio. Ao fim do vantajoso declive, ela deixou a bicicleta encostada na cerca de uma propriedade e passou a caminhar.

Tentava correr, a falta de ar não permitia. A cada passo, novos ferimentos somavam-se em seus dedos, espremidos no interior do tênis. Não se recordava de quando correra assim antes, ou se já o fizera. Ainda não entendera o que de fato havia acontecido, mas sabia que precisava salvá-lo. Estava quase lá.

Ouvia gritos vindos de todas as partes. O suor grudava a camisa de tecido fino à pele clara, o cutelo de volta às mãos. Respirou fundo, a garganta seca, e correu. Corria preparada para usar a lâmina da pior forma possível, caso necessário. Os olhos saltavam rapidamente de um ponto a outro, buscando os inimigos, a rotatória em frente ao cortiço despontando na próxima esquina.

Sem pensar, continuou correndo em campo aberto, ouvindo gritos nascerem no breu. Vinham rápidos. Ferozes. Teve sorte em não tropeçar. Não seguia em linha reta, precisava distanciar-se dos berros e passos que a acompanhavam, próximos demais. Não pararia até que o encontrasse. Lágrimas eram deixadas pelo caminho enquanto dedos chegavam a ponto de quase alcançá-la, alguns pegando seus cabelos. Não precisava vê-los, sabia o que eram. Monstros.

A entrada do cortiço passou como um borrão, não olhava onde pisava, apenas corria. Alcançou o portão de madeira, o ombro chocando-se contra ele. Continuou até a casa e bateu a porta num ímpeto. Gritou por ele enquanto se mantinha parada, a força do outro lado maior do que a sua. Deslizou a mão pela parede fria e encontrou o interruptor. A claridade amarelada banhou o local, uma chave pendurada em um prego na parede. Girou-a na fechadura e respirou mais aliviada, de joelhos, as mãos na cintura. A porta aguentaria. Embora pobre, a construção era resistente.

Ergueu os olhos, ainda sem ar, e antes que pudesse chamá-lo novamente, calou-se.

Os gritos que o perseguiam faziam imaginar um bando formado por homens e animais. Urros, rosnados, sons guturais, medonhos. Passavam pelo que estivesse no caminho, os passos cada vez mais próximos. Ele corria, guiando-se pela fraca luz da lua. Enxergava as copas das árvores, aves noturnas afugentadas. Mãos agarraram seus tornozelos e levaram-no ao chão, um corpo rolando com ele sobre a terra, galhos secos estalando. Ouvia-os chegando, então disparou duas vezes contra seu agressor. Não via. Sentia dedos sujos segurando-o, dentes batendo em sua direção. Algo viscoso sujou seus braços, e nem fez questão de identificar, provavelmente sangue. Levantou-se aos tropeços e correu.

Não conseguiria chegar à cidade, o pé doía muito. Seria facilmente abatido, sem ver como morreria. Não poderia desistir, ela precisava dele. Decidiu adiar os planos e tomou mais fôlego, poucos minutos depois alcançando o casebre escondido na mata.

Abandonou o ar frio e sentiu-se abafado, suado, bloqueando a porta. Nada via. Ouvia-os do lado de fora, batendo nas janelas. Fora uma péssima ideia. Encostou o cano da arma contra a porta e apertou o gatilho. Os cliques contínuos logo se calaram. Estava cercado, desarmado, às cegas. A dor aumentava, subindo pelas pernas e formigando a virilha. Sentou-se, os pés escorregando pelo chão poeirento. Logo uma fresta deu passagem ao vento, e ele pôde respirar profundamente o ar gelado. Em seguida, mãos invadiram pelas janelas, a madeira arrebentada.

As pancadas na porta eram abafadas pelo torpor. Não assimilou por alguns minutos o que de fato acontecera ali. Esperava que elas acordassem, ou que ela acordasse do pesadelo mais longo de sua vida. A cunhada jazia deitada embaixo da pia, água pingando do cano, o lado direito do rosto afundado, vários dentes espalhados pelo chão. Ela levantou num pulo, mas percebeu que a menina não levantaria como os outros. Estava morta de verdade. Tão morta quanto a sogra sentada do outro lado, encostada aos pés da mesa de alumínio. O queixo tocava no peito, as mãos ao redor de uma grande faca cravada no estômago. Via apenas o cabo avermelhado e um círculo de sangue coagulado ao redor.

Os móveis estavam em sua maioria destruídos, sangue por toda parte, pintando as paredes, o ambiente tomado pela morbidez. Ela tomou coragem e abriu novamente os lábios, secos e rosados, pronta para chamá-lo, e viu-o agachado no quarto, aos fundos. Estava encurvado rente à cabeceira da cama, tremendo, resmungando. A cabeça como um pêndulo, lentamente para lá e para cá. Percebeu as seringas espalhadas, vazias. Uma última lágrima rolou.

Aproximou-se dele e suavemente pousou a mão em seu ombro. Ele se desculpava e dizia estar arrependido. Punia-se com socos nas têmporas e tentativas de puxões nos cabelos curtos. Ela implorava por calma, que ele precisava voltar à realidade, que deveriam fugir. Súplicas e um choro contido, querendo parecer forte.

Ele se virou o suficiente para ver o cutelo nas mãos finas do monstro postado às suas costas. Conseguiu ser rápido para desarmá-lo e derrubou-o com uma rasteira. Antes que perdesse a vantagem, partiu pra cima do inimigo de feições distorcidas e olhos negros arregalados, esperneando, e desferiu o primeiro golpe, decepando-lhe a mão de garras afiadas. O monstro tentava hipnotizá-lo, uma voz estridente e ao mesmo tempo doce, clamando por trégua. O som vindo da bocarra, um buraco negro, trazia-lhe lembranças que não poderiam ser lembradas, mas as sentia com força bem fundo de sua mente. Balançou freneticamente a cabeça deixando o monstro ganindo, caído, e piscou os olhos. Por um breve momento e pela última vez viu a face de um anjo. As bochechas rosadas, dentes brancos e perfeitamente enfileirados, lábios como morangos, convidativos a beijos intermináveis. Os olhos faiscavam num brilho estonteante. Outro chacoalhar trouxe-o de volta à sua realidade. Não podia ser pego pelo monstro. Afastou a imagem angelical da mente e atacou outra vez, golpeando o mais forte e violentamente que conseguiu. Logo a cabeça não mais existia, o corpo enrugado inerte.

Sentia as pernas fracas, mas comemorou. Pulou, ergueu os braços e gritou. Vencera mais uma batalha. Merecia uma medalha, abatera três monstros em apenas uma noite. Seu recorde. Sentiu-se voando e em seguida estava com os olhos focados em um ponto luminoso no alto. Sorria e chorava.

Amanheceu.

O silêncio pairava no bosque. Não havia brisa, não havia som. Era uma paisagem de quadro, imóvel. Intocável. Um casebre permanecia esquecido sob as árvores, tomado pela vegetação. Então o rangido da porta começou baixo, e ecoou. Pés arrastaram-se pelo chão poeirento e saíram. Ele olhou ao redor. Via, mas não entendia. Os vasos sanguíneos estourados tornaram a retina avermelhada, dando-lhe uma visão também rubra. As árvores estavam vermelhas, o chão estava vermelho, o céu estava vermelho.

Por um tempo, procurou algo que não sabia o que era exatamente, então decidiu caminhar em uma direção qualquer, sumindo no bosque.

Antropomaquia — Carlos Orsi

Quanto a ti, segue em frente até que chegue o teu fim e repouses: tu levantar-te-ás para receber a tua parte no final dos dias

Daniel 12:13

O cara no palco tocava uma versão intimista de *Hell ain't a bad place to be*, banquinho e cítara, com batida bossa nova. A cítara era uma caixa torácica com cordas de tripa. Osso polido como marfim, caixa de mulher, pequena, mas bem sólida e com uma ressonância perfeita. As tripas também eram de primeira, provavelmente entrelaçadas com cabelo. Um instrumento caro para uma espelunca dessas.

– Macchu Picchu?

Ela se sentou ao meu lado num movimento fluido e sensual, tão felino quanto as orelhas pontiagudas e a penugem branca que lhe descia pelo contorno clássico da mandíbula.

Os pelos macios emolduravam-lhe o rosto dos dois lados, tocavam o delicado pescoço feminino, mas não chegavam a realmente cobrir o queixo. Ela vestia uma blusa preta justa que moldava os seios – discretos o suficiente para chamar atenção – e lhe deixava os ombros nus.

Balancei a cabeça, negativamente, sorrindo o máximo que a pele ressecada e quebradiça do disfarce permitia. Não muito.

– Vale dos Reis – respondi.

Ela entreabriu a boca, em sinal de surpresa. Os lábios eram muito vermelhos, e revelaram uma fileira superior de dentes miúdos e aguçados. Junte a isso o nariz delicado, os grandes olhos verdes de íris vertical, e você entenderá porque, durante um breve instante e a despeito de todo o treinamento prévio, temi que meus feromônios me traíssem.

Ali estava uma predadora, construída para atrair, seduzir, paralisar e estraçalhar exatamente o tipo de animal que eu era.

Mas o disfarce segurou. Eu não cheirava a nada além de couro curtido e papiro velho. O que quer que estivesse acontecendo entre minhas pernas era abafado pelo resto.

– Ardath Bey – disse eu, apresentando-me. Não ofereci beijo ou aperto de mão. Mortos Antigos detestam ser tocados.

Desde a parousia que múmias incas eram vistas com certa frequência em São Paulo, mas as do Nilo ainda constituíam uma raridade. Meu disfarce tinha sido construído em torno desses dois fatos, a aversão ao toque e a raridade do artigo egípcio.

Esperávamos que ambos dificultassem minha identificação como aquilo que eu realmente era: um dos deixados para trás. Um dos humanos que não havia morrido no Tempo das Tribulações, nem sido arrebatado pela Segunda Vinda de Cristo e carregado para onde quer que a Nova Jerusalém tenha ido. Um dos que tinham ficado para viver num mundo dominado pelos frutos da promessa da ressurreição da carne.

Tomei um pequeno gole de meu copo de leite fermentado diluído em água. Outro motivo para o disfarce: múmias precisam constantemente de água e não bebem sangue humano.

A menina ao meu lado não tinha nenhuma restrição do tipo, pelo que pude deduzir a respeito do conteúdo rubro da taça que lambia, com movimentos curtos, ágeis e extremamente sugestivos da ponta da língua.

Resisti à tentação de perguntar quem ela tinha sido em sua primeira vida, por que tinha ressuscitado assim, uma gata-vampira; se acreditava que as condições precisas de cada ressurreição refletiam os pecados da vida original ou se representavam mero fruto do acaso.

Eram os feromônios *dela* que estavam pondo essas ideias suicidas em minha cabeça, uma mistura de desejo e compaixão por uma criatura que me devoraria se soubesse.

– Você é minha guia – disse eu.

Ela deu de ombros:

– Mandaram-me buscar uma mú... Um Morto Antigo. Só não me disseram que seria um dos legítimos.

O sorriso de pergaminho enrugado voltou à minha máscara.

– Também não me tinham dito que eu seria recebido por um avatar de Ailuros – respondi.

Ela inclinou a cabeça de leve para o lado, como uma gata curiosa.

– O mesmo que Bastet – disse eu, usando agora a versão mais popular do nome da deusa felina. – Só que em grego.

Ela sorriu, reconhecendo o cumprimento. Múmias são assexuadas, mas nada as impede de flertar um pouco.

– Pode me chamar assim, se quiser... – disse ela. – Ou por aquele outro nome. Grego. É menos comum – ela franziu o nariz, divertida. – Mais chique.

– Ailuros? Então, que seja. Podemos ir, Ailuros?

– Assim que eu pagar nossa conta – sua voz era rouca, como um ronronar. – As bebidas estão incluídas no passeio.

Pedi para fazer o caminho a pé. Era noite, claro – alguns desmortos, como zumbis e alguns tipos de vampiro, têm certa tolerância à luz do Sol, mas a radiação ultravioleta é, ao fim e ao cabo, nociva para todos. A cidade só morre realmente à noite.

Saindo da Paulista, descemos em direção ao centro. Era uma noite de lua cheia. O velho satélite, desde a parousia, tinha assumido uma tonalidade carmesim, lembrando uma imagem de filme antigo, tingida de sépia. Para Ardath Bey, cujos olhos haviam passado milênios na treva absoluta das tumbas egípcias, o disco do plenilúnio representava motivo mais do que suficiente para um par de óculos escuros.

Espelhados. Na verdade, óculos de visão noturna, com zoom, realidade aumentada e memória para dez horas de vídeo. Infelizmente, sem conexão por satélite: alguns desmortos têm uma visão tão avançada na faixa infravermelha que seriam capazes de perceber as micro-ondas do sinal, e eu não estava disposto a correr o risco.

As ruas estavam cheias. Muitos eram zumbis que claramente tinham menos inteligência que uma criança de cinco anos, enviados para cumprir tarefas por seus mestres, ou carniçais *junkies* em busca da próxima dose – os que ainda não estavam totalmente tomados pela abstinência fazendo arruaça, chutando latas de lixo ou torturando ratazanas; os já dominados pela fome, silenciosos, sinistros, apagados, caminhando com uma economia de movimentos que traía a urgência da busca por sustento.

Também havia a elite desmorta, fraques ingleses e extravagantes vestidos de noiva saqueados das antigas lojas de aluguel de traje a rigor, cartolas e bengalas com castão e ponteira de ouro, aço ou bronze (nunca prata, jamais prata) saídas do estoque de antiquários deglutidos, destroçados. A ampla maioria preferia andar ou voar, mas alguns desfilavam em jipes e limusines, queimando óleo ou com tração animal – parelhas de zumbis ou de cavalos exangues que já não se assustavam mais.

No caminho, fomos ultrapassados por dois caminhões de carga humana. Os que tivessem sorte estariam sendo levados para os matadouros kosher, onde seriam abatidos sem dor, a carcaça dividida para os desmortos que preferem carne processada, como carniçais e teriantropos.

Outros, um pouco menos afortunados, estariam sendo levados para áreas de trabalho escravo, onde iriam desempenhar funções que os desmortos são incapazes de realizar, como a limpeza das ruas após o nascer do Sol e o cuidado, durante o dia, das fazendas verticais e das fábricas de ração para os rebanhos humanos.

Os infelizes teriam como destino bares, bordéis e restaurantes frequentados por desmortos que gostam do cru ou de brincar com a comida antes de consumi-la, como os vampiros clássicos.

Já os realmente miseráveis eram desgarrados que tinham sido capturados por grupos de caça na periferia ou nas estradas, e que estavam indo para o mesmo lugar que eu.

Nossos estudos da economia desmorta indicavam que a indústria em larga escala havia praticamente desaparecido, e a criatividade necessária para converter pesquisa original em tecnologia extinguira-se de vez. No entanto, os mortos-vivos tinham uma engenhosidade própria, uma malícia especial para consertar, converter, reformar, adaptar e – com o perdão pelo trocadilho inevitável – canibalizar.

Notando meu interesse nos veículos que passavam, Ailuros explicou:

– Temos berçários, criadouros e centros de reprodução, instalados nas antigas prisões e nos velhos hospitais. Há algum trabalho sendo feito com clonagem, também, mas uma coisa engraçada a respeito dos vivos é que eles não conseguem deixar de se reproduzir. Trazer crianças para o inferno parece que é o único prazer que sobrou para esses filhos da puta...

Ela riu, uma risada melodiosa, adorável como música de sinos de cristal, e absolutamente cruel. Perguntei se desgarrados não eram um problema.

– Temos patrulhas nas estradas e na periferia. Ouvi dizer que em alguns lugares mais para o interior, longe das grandes metrópoles, nós ainda somos minoria e são *eles* que nos caçam... Mas não acho que vá durar muito tempo.

Comentei algo sobre uma situação semelhante em alguns oásis do norte da África.

Ailuros não disse nada sobre a resistência organizada que atuava em antigas instalações científicas remotas, em pequenas ilhas da costa, na Antártida, nas colônias espaciais. Será que os desmortos ainda não sabiam de nós?

Mais provável é que soubessem, mas não nos levassem a sério. O que era um erro. Os sobreviventes a bordo da base espacial chinesa estavam, segundo boatos, prestes a converter um transmissor orbital de micro-ondas em uma fonte de ultravioleta: um canhão de luz do Sol concentrada capaz de cortar a noite.

Mas talvez os boatos fossem apenas isso, boatos. Talvez nós sobreviventes estivéssemos nos alimentando de mitos. Talvez as fazendas orbitais tivessem entrado em colapso e os únicos astronautas ainda vivos fossem um punhado de pobres loucos, meio mortos de fome. Quem sabe?

– Chegamos – disse-me Ailuros, assim que pisamos na calçada, diante de um antigo teatro. – Estamos em cima da hora para a antropomaquia das 23. Podemos fazer o *tour* dos camarins e das masmorras depois, o que acha?

– Parece perfeito.

Uma criatura de abdome enorme, inchado, quase esférico, encimado por um tórax minúsculo, cabeça diminuta de olhos imensos, dotada de braços e pernas mais finos que meu dedo mínimo e cobertos de pelos escuros, recolheu nossos ingressos e indicou, com um gesto e um trilado, o caminho para o camarote.

O lugar, decorado com tapetes iranianos e almofadas libanesas, dominava uma boa visão do palco, que na verdade era mais uma arena. Havia uma caixa de isopor junto à poltrona reservada para Ardath Bey.

– Nunca bebo... sangue – disse eu, num tom que implicava um meio pedido de desculpas por ofender a hospitalidade de meus anfitriões, ao notar a caixa.

– Água e leite – respondeu Ailuros, com uma mesura. – Incluídos no preço.

Então houve uma mudança sutil de ângulo e ênfase na iluminação (que já não era muita, uma vez que a maioria dos desmortos enxerga bem no escuro), e soubemos que o espetáculo estava para começar.

Com um dramático efeito sonoro pré-gravado de correntes, polias e portões enferrujados em movimento, em algum ponto da periferia da arena, uma porta se abriu e o homem entrou.

Era uma visão estarrecedora – um monstro construído para, ao mesmo tempo, atrair e aterrorizar uma plateia de monstros.

Era comida: mais de dois metros de altura, quase duzentos quilos de carne humana. Era uma ameaça: seus antebraços haviam sido amputados e substituídos por lâminas que, segundo o espectrômetro de meus óculos, eram feitas de aço vanádio com ponta e fio de prata. Na testa, tinham sido implantados chifres do mesmo material. Os dentes brilhavam, limados em pontas aguçadas e revestidos do metal tóxico.

Pupilas dilatadas, ele urrava de ódio e antecipação. Suor escorria profusamente da cabeça calva, fazendo brilhar o relevo dos músculos que deslizavam sob a pele, a cada pequeno movimento, como pistões e contrapesos de um maquinismo inexorável. Estava totalmente nu e não tinha um único pelo no corpo.

Pupilas dilatadas demais: estava drogado, provavelmente por uma injeção maciça de adrenalina. As veias saltavam em seus braços, rizomas que se irradiavam dos ombros para o tórax e na musculatura do abdome, ameaçando explodir e aumentando a atração sensual que o sangue e a carne, vivos, quentes, pulsantes, exerciam sobre a plateia de cadáveres gelados.

– Ele tem implantes de kevlar no pescoço e protegendo a garganta – disse-me Ailuros. – E outras coisas, também. Placas de aço em pontos estratégicos. Castração acaba sendo contraproducente, mas cauterizamos as terminações nervosas. Você pode acertar o saco desse cara com um taco de beisebol e ele não vai sentir nada... Valorizamos o combate justo.

Houve duas explosões secas, em rápida sucessão, e sangue começou a brotar da coxa esquerda e da axila direita do gigante, que saltou, mais surpreso do que realmente acusando a dor. A visão do líquido vermelho fluindo fez o público balançar a tela que separava as arquibancadas da arena, e por um momento imaginei se toda a estrutura de proteção não viria abaixo. Vi que mesmo Ailuros cerrava os punhos e firmava a mandíbula, lutando para manter a compostura e alguma medida de autocontrole.

Não havia telas no camarote. A hierarquia social dos desmortos esperava que qualquer um, rico o bastante para reservar um desses, tivesse bons modos suficientes para não se lançar na arena, num paroxismo de fúria canibal.

Bons modos, ou bom senso.

– É intoxicante – confidenciou minha guia, com um sorriso.

– Eu sei – respondi, soando compreensivo. – O sangue e a carne não me afetam, mas a expectativa, a violência latente...

Não era mentira. Muito tempo, planejamento e tecnologia tinham sido investidos – vidas, perdidas – para que eu pudesse testemunhar o que viria a seguir.

Mais uma vez, caixas acústicas escondidas entraram em ação. Agora, somando aos sons de portões e calabouços, um cristalino toque de clarins e um intenso bater de asas.

A telemetria dos óculos apontou algo vindo de cima, do distante forro do teatro. Uma massa sem forma, negra, escorrendo como uma enorme gota de melado, soltando-se relutantemente das vigas e arcadas, tomando forma enquanto caía.

Números e curvas projetavam-se em minha retina num ritmo rápido, sincopado, no limiar da percepção.

Teriantropo metamorfo, quiróptero hematófago. Em linguagem simples, um vampiro capaz de virar morcego. Não estávamos mais perto de entender o fenômeno, então, do que estávamos de compreender a parousia em si – tínhamos os fatos e algumas hipóteses, mas nenhuma teoria.

Apenas sabíamos que, de algum modo e num sentido importante – mesmo que limitado –, as velhas leis da física ainda se aplicavam. A gravidade funcionava, o calor fluía do corpo quente para o frio e a destruição de um desmorto, assim como o fim de um de nós, deixados para trás, parecia tão definitiva quanto o fenômeno definido pelo antigo conceito de "morte". Havia relatos esporádicos de segundas ou mesmo terceiras ressurreições, mas nada confirmado.

A explicação mais aceita, de que a Terra, após o arrebatamento da Nova Jerusalém, havia se convertido no inferno cristão era mais uma avaliação qualitativa – de baixíssimo poder explicativo – do que qualquer outra coisa.

Eu só era capaz de interpretar o que o visor me dizia a respeito da forma de transição que escorria pelo ar estagnado para a arena, assumindo um aspecto intermediário entre homem e morcego pelo caminho, como um análogo da matéria-prima aristotélica: a substância que tem o potencial de ser tudo porque, em essência, não é nada.

Apenas nos instantes finais da transformação a inteligência artificial foi capaz de extrapolar algo: sinais vagos de células biológicas em deformação contínua, espaços topológicos definidos por membranas e espirais moleculares em contração e expansão.

O que tomou forma na arena era um típico vampiro de opereta – dos cabelos negros cacheados caindo em cascata sobre os ombros à camisa de babados e mangas bufantes, passando pelo colete cinza justo de veludo com botões dourados e a longa capa negra esvoaçante, com forro de cetim vermelho, tão vermelho quanto os lábios que contrastavam com a pele alva do rosto e com a brancura dos dentes. Na mão esquerda trazia uma bengala com castão e ponteira de ouro.

Ele mal teve tempo de fazer uma reverência para a plateia antes que a fera humana o atacasse, os braços-sabre cortando o ar enquanto o vampiro saltava de lado, ao mesmo tempo em que girava o corpo para desferir um golpe com a bengala.

As lâminas do gigante cortaram alguns centímetros da capa do vampiro. A pequena flâmula de seda e cetim ainda flutuava no ar estagnado quando a ponteira da bengala fez contato com a garganta do humano, que não diminuiu a velocidade de sua investida, e não pareceu abalado pelo golpe.

A proteção de kevlar estava lá, mesmo.

O vampiro parecia não ter escolha além de recuar e continuar recuando, enquanto o par de sabres criava um turbilhão letal de movimento reluzente em seu rastro. Uma vez de encontro à tela que delimitava a arena – aparentemente acuado – o desmorto *sorriu.*

O par de saltos que deu, o primeiro do chão para a tela e o segundo, usando-a como trampolim, lançando-o por sobre a cabeça do adversário, não impediu que a lâmina que era o antebraço esquerdo do homem abrisse seu colete, fazendo os botões dourados retinirem no chão frio como um punhado de moedas, nem que o corte espalhasse os babados da camisa pelo ar. O vampiro pousou, agachado como um gato prestes a dar o bote, às costas do humano, que urrou em frustração.

O gigante mal havia começado a se virar para retomar o ataque quando o vampiro arrancou o fecho da capa e a lançou sobre o inimigo, como um pescador poderia jogar sua rede sobre um cardume. O tecido escuro cobriu-lhe a cabeça, braços e torso, cegando-o e neutralizando, ainda que temporariamente, as armas de prata. Então foi a vez do humano se ver alvo de uma ofensiva impiedosa.

O vampiro usou a bengala com fúria, velocidade e uma alegria, uma exultação ao mesmo tempo sádica e metódica, que contrastava com o ódio cego do homem. Aplicou seguidas vezes a ponteira às feridas de sangria abertas antes do início do combate – feridas que o desmorto parecia capaz de localizar com precisão, mesmo estando uma delas coberta pela capa e protegida sob o braço direito da vítima.

Um golpe violento do castão contra a cabeça do gigante fez a bengala quebrar-se com um estrondo. Voaram estilhaços e lascas de madeira, o que fez com que os vampiros da plateia – incluindo Ailuros – recuassem, assustados, sibilando com medo instintivo.

– Madeira pontiaguda. Estacas – disse-me ela, depois de se recompor. – Vibração ruim.

Algumas farpas devem ter penetrado na pele do vampiro na arena, porque ele de repente soltou a parte da bengala ainda em suas mãos como se a madeira tivesse se transformado em prata tóxica e partiu, com as mãos nuas, para cima do gigante, ainda cego e enredado na capa escura.

Era óbvio que o desmorto queria usar as garras para rasgar e retalhar, mas sabia que, antes de chegar à carne do adversário, teria de descoser o próprio manto – o que poderia eliminar sua vantagem. Decidiu, então, usar os punhos.

A sequência de golpes no abdome do gigante soou na arena como as batidas de um martelo hidráulico. De repente o humano estava de joelhos, e agora os socos o atingiam, em cheio, na cabeça.

E então, o inesperado: a capa se esgarça e, com um poderoso impulso dos músculos contraídos do pescoço, o gigante trespassa o braço direito do vampiro com seus chifres de prata!

Um rápido movimento lateral da cabeça arranca o braço na junta do ombro. Não há jorro de sangue – o sistema circulatório dos desmortos tem pressão quase zero – mas o cheiro é infernal. Tenho de lutar para manter o leite que bebi no estômago; os desmortos da plateia não parecem se incomodar.

A equipe de segurança de arena – palhaços e picadores que até então vinham se mantendo discretamente à margem, na parte mais intensa das sombras, sob a forma de pequenos répteis e grandes insetos – entra em ação num piscar de olhos. Teriantropos ofídios convertem-se em criaturas de pesadelo, impossíveis híbridos multicoloridos de naja e anaconda. Enrolam-se firmemente nos braços e pernas do gigante, imobilizando-o. A plateia vai ao delírio.

Depois de fazer uma pequena reverência para o humano, que grita e espuma, finalmente indefeso, e outra, mais ampla e demorada, para a assistência, o vampiro usa a garra da mão esquerda para arrancar, primeiro, pedaços das costelas do adversário; em seguida, o coração, cujo conteúdo bebe, deixando escorrer grossos fios de fluido rubro pelo queixo. O músculo cardíaco será mais tarde leiloado entre os entusiastas do esporte, como suvenir deste confronto memorável.

O matador da noite, um vampiro que usa o nome de Tsalet, nos recebeu no camarim. Mais uma vez, a etiqueta dos Mortos Antigos da terra do Egito – nada de contato físico – foi escrupulosamente observada.

– Brilhante combate – disse eu.

– A entrada em cena dos ofídios estragou o efeito – respondeu Tsalet, com falsa modéstia, massageando o toco de osso e músculo que começa a se projetar do ombro direito, sinalizando o início da regeneração do braço arrancado. – Foi antiesportivo.

Era óbvio que ele não acreditava realmente nisso. A ideia de que o homem na arena deve ter uma chance honesta de vencer o matador não passa de uma ficção hipócrita. Vampiros já perderam a – vida? – na antropomaquia, é fato, mas o total de casos pode ser contado nos dedos. Trata-se de um jogo de dados viciados.

– O esporte, que confesso não conhecer a fundo, pode ter sofrido um pouco – insisti, na voz grave e pausada de Ardath Bey. – Mas o espetáculo foi irrepreensível. A arte, certamente, foi a grande vencedora da noite.

Tsalet jogou a cabeleira para o lado, obviamente feliz com o que ouviu. Havia um pequeno risco pontilhado, da cor de rubi, no contorno de sua narina esquerda. Um respingo arterial do homem morto.

– Pronto para o *tour* das masmorras? – Ailuros disse, sentindo que não havia mais nada a dizer no camarim. – É um passeio impressionante.

– Vocês vão ver o plantel? – a surpresa de Tsalet era ainda mais falsa que sua modéstia. – Eu adoraria acompanhá-los!

– Se não for irregular... – respondi eu, voltando-me para Ailuros e dando a entender que o que realmente queria dizer era “se não for me custar...” – Seria uma honra, mas um só guia me parece mais do que adequado...

Minha situação estava cada vez mais desconfortável. O disfarce de Ardath Bey era excepcional, mas se Tsalet ficasse conosco a impostura teria, pelas próximas horas, de resistir ao escrutínio continuado de dois vampiros, ambos a poucos metros de distância, um deles um matador profissional. Não parecia nada bom.

Pude ver que a gata simpatizava com a preocupação de Bey com dinheiro. Era evidente que ser ciceroneado por um astro da antropomaquia não estava incluído no preço original do pacote, e que seria um insulto não recompensar Tsalet por sua generosa oferta.

– Digo o que podemos fazer – acrescentou o matador, sentindo o desconforto que causara, mas decidido a tirar uma lasquinha do estrangeiro rico. – Posso mostrar ao senhor minha reserva especial de lutadores. São todos combatentes de primeira linha, e a ala onde ficam é particular. Não faz parte do passeio normal. Sua guia sabe tanto sobre essa parte do teatro quanto o senhor. De fato, podemos dispensar a menina.

Ailuros não gostou nada da proposta, mas mesmo sem os sentidos apurados dos vampiros pude sentir o aroma de sua submissão no ar.

– Talvez – sugeri – ela possa nos esperar aqui? Então, mais tarde, eu continuaria a visitar as áreas públicas em sua companhia.

A gata me olhou com gratidão, Tsalet concordou. Ele não parecia se opor à presença dela, mesmo desacompanhada e sem supervisão alguma, no camarim. Parecia evidente que nenhum desmorto em sã consciência tentaria algo impróprio no santuário pessoal do grande matador.

O vampiro afastou uma cortina de veludo roxo que ficava atrás do divã – originalmente amarelo, mas agora descorado e coberto de manchas escuras cuja origem não era difícil adivinhar – onde estivera reclinado durante toda a entrevista.

Atrás da cortina havia uma pesada porta de ferro, uma porta de cofre, com fechadura de combinação. Tsalet usou o corpo pra esconder os movimentos, muito rápidos, que fazia enquanto manipulava o dial.

Em menos de meio minuto, ouvi o suspiro característico da equalização de pressões através de uma comporta hermética, e a abertura retangular surgiu diante de nós.

Passamos para um corredor que cheirava a antisséptico, e onde senti uma corrente de ar gelado. Havia uma tênue iluminação esverdeada, fluorescente – até os desmortos, para "enxergar no escuro", precisam de um mínimo de luz. A escuridão total cega a todos, os vivos e os mortos, e a câmara onde penetrávamos parecia isolada de qualquer fonte de iluminação natural, até mesmo da débil lua carmesim.

– Não se preocupe com a porta – disse meu anfitrião, sinalizando para que eu prosseguisse sem fazer pausa junto à entrada. – Ela se fecha sozinha daqui a alguns segundos.

– Ar-condicionado? – perguntei, notando a corrente gelada uma segunda vez.

– Todos os confortos da civilização, enquanto os geradores tiverem o que queimar – respondeu Tsalet, sorrindo. – Meu estábulo só oferece o melhor.

As paredes do corredor estavam grafitadas com versos do credo de Niceia – "Creio na ressurreição da carne"; "Donde virá a julgar os vivos e os mortos" – e do capítulo 13, o chamado pequeno apocalipse do Evangelho de Marcos – "Infelizes as que estiverem grávidas e amamentando naqueles dias"; "Ele enviará seus anjos e juntará os eleitos dos quatro ventos, dos confins da Terra aos confins do céu".

E o equivalente evangélico do "fiado, só amanhã", enfim cumprido: "Na verdade vos digo que não passará esta geração, sem que todas estas coisas aconteçam".

– Fui padre católico na minha primeira vida – disse o vampiro, enquanto andávamos. Nosso caminho era uma rampa descendente. Seu tom de voz era leve e amigável, como se comentasse o jantar da noite anterior. – Há uns duzentos anos. Não fui especialmente devoto ou competente, mas também não fiz nada de monstruoso. Respeitei meus votos, combati a parte que me coube, pequena, é fato, do que parecia ser o bom combate. Mantive a fé. Imagino por que teria voltado assim. Exceto pela sede de sangue, este corpo é bem superior ao que foi enterrado. E porque teria sido deixado para trás.

Demorei a responder. Nossos estudos sobre a sociedade dos desmortos tinham mostrado que comentários a respeito da vida pregressa eram considerados de mau-gosto, quase uma grosseria. Mas talvez Tsalet se considerasse acima das meras convenções, sendo, como era, uma celebridade; ou talvez imaginasse que o preconceito não era assim tão pronunciado entre os ressuscitados não-cristãos.

– Sei muito pouco sobre isso – respondi, concentrando-me na biografia de Ardath Bey. – Vivi minha vida antes que o Filho do Homem nascesse. A história que me contaram a respeito dele e de sua mãe lembra a da promessa de Hórus a Ísis, de ressuscitar Osíris e punir Set.

– Lembra mesmo, não é? – comentou ele. Estávamos chegando a um ponto onde o corredor se alargava.

O cheiro de antisséptico dominava a atmosfera e a luz passou de verde a vermelha. O espaço se abriu numa área circular que misturava as características de necrotério e centro cirúrgico: equipamentos, armários de drogas, seringas e anestésicos, monitores, instrumentos – e, ao centro, uma plataforma de mármore frio com canaletas de sangue entalhadas e grilhões para braços, pernas, pescoço.

Atrás da plataforma havia uma cadeira elevada, adornada por quatro ícones monstruosos que me fizeram pensar nos "quatro animais, cheios de olhos por diante e por detrás", que adornam o trono divino no Apocalipse de João.

Dessa área circular partiam três corredores, além daquele por onde tínhamos vindo.

– Os combatentes que vêm para minha cota pessoal passam por aqui três vezes – explicou Tsalet. – Quando a zona rural tiver sido devidamente pacificada, espero ter fazendas para criá-los e treiná-los desde bem jovens, permitir que lutem entre si, exercitem-se sob supervisão. Do jeito que as coisas estão hoje, é preciso contar com a sorte para que surjam homens grandes, fortes e hábeis, e para que se deixem capturar pelas patrulhas da periferia.

– E os que nascem na cidade? – perguntei. – Os clones e os filhos de gado?

O vampiro balançou a cabeça, desolado:

– Inúteis. Boas fontes de sangue e carne, para quem liga para carne, mas moles, covardes, gordos e fracos. Algumas outras arenas tentaram cultivar gladiadores na cidade, usando as antigas academias de ginástica, mas o custo da segurança foi proibitivo. E o resultado nem ficou tão bom.

Assenti com a cabeça. Finalmente eu estava chegando perto do núcleo de minha missão – determinar quem eram, e onde estavam, os lutadores de antropomaquia. Entrar em contato com eles. Se possível, recrutá-los.

– Enfim, eles chegam por ali – Tsalet indicou o corredor à nossa esquerda. – E vêm direto para cá. Estou usando o plural, mas raramente recebo mais do que um por semana, se tanto. O plantel geral às vezes me manda alguém, ou eu alugo minhas instalações para o restante do elenco, já que ficam ociosas boa parte do tempo.

Eu mal ouvia o que ele dizia. Tentava, em vez disso, concentrar-me em imaginar onde estaríamos em relação à planta geral da cidade. Qual seria a logística de uma operação de resgate. A ironia de ter os desmortos selecionando os melhores guerreiros entre os sobreviventes para que depois a resistência pudesse libertá-los, organizá-los e usá-los na reconquista da Terra quase me fazia flutuar.

Ardath Bey, é claro, mantinha a expressão serena e impassível.

O local parecia ter sido adaptado a partir de um entroncamento de túneis de metrô – as luzes da área cirúrgica estavam instaladas em arcos metálicos que se pareciam muito com trilhos reciclados.

– A cirurgia cerebral é feita logo que o candidato chega.

– Cirurgia cerebral? – a expressão encerrou imediatamente meu devaneio. Eu não estava mais flutuando: meu coração parecia mergulhar em direção ao centro da Terra.

– Ah, sim. Esse é um ponto pouco conhecido da antropomaquia, mas essencial – Tsalet havia dito que tinha sido padre em sua vida viva. Provavelmente, tinha lecionado num seminário. O tom professoral fluía com facilidade. – Para garantir que o medo supersticioso não iniba o guerreiro em combate, para garantir que as reações do homem na arena sejam as mais rápidas e espontâneas possíveis, sem qualquer perda de tempo causada por mediação consciente, algumas funções do cérebro são destruídas. O homem sai daqui com a ferocidade de um babuíno, totalmente incapaz de sentir medo, de hesitar, de se confundir com pensamentos supérfluos.

A ferocidade *e a inteligência* de um babuíno, complementei, mentalmente. O vampiro tentava fazer a cirurgia cerebral soar como uma coisa muito corajosa, uma demonstração de *fair play* – dar ao pobre humano aterrorizado a oportunidade de, na arena, desenvolver uma fúria instintiva comparável à de um vampiro enlouquecido pela sede de sangue.

A verdade óbvia era o oposto: privado da capacidade de refletir friamente sobre o próximo golpe, a próxima finta, a próxima esquiva, o homem perdia sua única vantagem sobre o vampiro, no caso do desmorto se deixar cair em frenesi.

– Este procedimento... no cérebro... assim que o vivo chega. É uma peculiaridade da sua técnica ou um procedimento comum? – ouvi a voz de Ardath Bey articular a pergunta, sem realmente ter consciência do que dizia. Em seu subterrâneo, minha mente buscava alternativas para salvar a missão.

– Gostaria de poder dizer que é uma invenção pessoal – respondeu o vampiro. – Mas a verdade é que isso é feito sempre desse jeito. No entanto, eu tenho uma peculiaridade em minha produção, sim. Venha – ele sinalizou para que eu o seguisse em direção ao corredor que ficava direto à frente.

Acompanhei-o. À medida que avançávamos, comecei a distinguir alguns sons – uma mistura de chiado agudo com um ronco baixo, o que me fez pensar numa criança dormindo com o nariz congestionado. Ou várias crianças, com problemas respiratórios sortidos.

O corredor, onde a luz era quase inexistente, terminava abruptamente, na borda de um fosso circular, com uns nove metros de diâmetro e outro tanto de profundidade.

A depressão estava vazia, mas os instrumentos de meus óculos revelaram manchas de sangue e excremento nas paredes. O sinal veio alguns segundos depois de minhas narinas terem detectado o cheiro de urina velha.

Ar quente, mau cheiro e traços de matéria orgânica, principalmente 1,5-diaminopentano, a cadaverina, metano e dióxido de carbono emanavam das profundezas.

Havia uma espécie de guindaste de operação manual à direita de onde estávamos, com uma espécie de gaiola na ponta da grossa corrente enferrujada.

– Assim que o paciente desperta da intervenção no cérebro, eu o baixo ali – disse Tsalet, apontando para o fosso. – Não dá para ver daqui de cima, mas junto à parede, no fundo, há pequenos túneis por onde entram e saem ratos, cães... Dá para ouvi-los, não? Enfim, as pragas urbanas que os vivos nos legaram – o monstro realmente sorriu ao dizer isso. – Também jogamos para o gladiador comida e água limpa, e a forma como se defende e defende seus víveres define as armas que receberá na segunda cirurgia.

– As espadas, os chifres...

– Exatamente.

Ao dizer isso, o vampiro havia dado as costas para mim e olhava fixamente para o fundo do fosso. Lamento dizer que ele não deve ter sentido nada quando o laser ultravioleta que eu tinha escondido na manga larga de minha túnica fatiou-o em três pedaços, mais ou menos triangulares, que imediatamente precipitaram-se no abismo.

Eu mal havia abaixado o braço estendido da onde projetara o raio quando senti as garras cravando-se em *minhas* costas.

A aproximação havia sido silenciosa, e o rugido abafado – quase um gorgolejo – só escapou da garganta dela quando as unhas já estavam firmemente presas em meus ombros. O peso era fantástico, arremessando-se vários passos à frente; foi por pura sorte que não caímos no fosso, atrás dos restos de Tsalet.

Apenas uma inclinação instintiva do pescoço me salvou da decapitação, mas senti o hálito quente e fétido escapando quando as mandíbulas se fecharam rente à minha face, e uma dor aguda quando as presas, tendo perdido a coluna cervical, arrancaram a metade inferior de minha orelha esquerda.

Os óculos de realidade aumentada saltaram do rosto de Bey, e temi que tivessem se perdido no abismo.

O disfarce de múmia incluía, por baixo da longa túnica larga, ataduras de linho envelhecido reforçadas por uma trama de grafeno. Tínhamos tentado impregnar o grafeno com prata, mas as partículas do metal tinham de ser tão pequenas que acabavam se oxidando muito depressa. De qualquer forma, a malha de carbono provavelmente foi tudo o que me salvou de ter os pulmões arrancados.

Joguei os braços para trás, agarrando a cabeça do animal – tigresa ou leoa, eu ainda não havia, por razões óbvias, conseguido vê-lo – na tentativa de manter os dentes afiados afastados de meu pescoço.

Os servomotores do exoesqueleto gritavam como crianças emburradas em meus ombros e cotovelos, e eu não sabia mais se o zumbido nos ouvidos era resultado da dor, da surpresa, da adrenalina ou da agonia do metal.

Diante de mim, o abismo parecia cada vez maior e mais próximo. Mesmo sem os óculos, o contraste entre os dois tipos de escuridão, a mais e a menos intensa, penumbra e umbra, era notável.

De repente, a atmosfera do fosso se tornou indistinguível do hálito do monstro.

Usando a mão esquerda para puxar a cabeça do felino o mais longe possível de meu pescoço, soltei a direita – nesse momento, a temperatura nos motores do braço esquerdo subiu tanto, com o esforço extra, que senti o cheiro de pele queimada e tive de ranger os dentes para me obrigar a manter o esforço, apesar da dor – e usei a mão livre para gerar um feixe ultravioleta a queima-roupa, direto no focinho da coisa.

Com um grito agudo, em voz de mulher, a criatura se soltou de mim e rolou pelo chão. Eu me voltei imediatamente, produzindo novos disparos, até descarregar a bateria da arma.

Não sei dizer quantas das lanças laser que produzi nesse período frenético – enquanto estava meio cego, enquanto o sangue escorria copiosamente por minhas costas, a pele do braço esquerdo crispava-se no contato com o metal abrasador e meus joelhos cediam ao peso da agonia – realmente atingiram o alvo; digo apenas que, quando a forma diante de mim parou de se mexer, e reuni forças para engatinhar até ela, aproximando-me o bastante para vê-la e tocá-la, pude discernir que havia restado o bastante da tigresa (era uma tigresa, afinal) para ser capaz de identificá-la como Ailuros.

Não foi difícil deduzir o que tinha acontecido: minha gata-vampira não resistira à tentação de um *tour* guiado pelo plantel particular do grande matador Tsalet e, usando algum poder especial de furtividade – talvez ela pudesse ficar invisível, talvez apenas fosse capaz de nublar mentes – tinha nos seguido, em segredo, aproveitando o tempo que levou para a porta entre o camarim e o túnel se fechar.

E agora estava ali. Agonizando. Morrendo.

De novo. Agora, quem sabe, de uma vez por todas.

Não há muito mais a contar. Tateei pela borda do fosso até encontrar os óculos, que não haviam caído nas profundezas, felizmente. Registrei isso como meu único golpe de sorte em toda a missão.

Esperei ali, caído, quase inconsciente, até me sentir forte o bastante para ficar em pé.

Retornei – cambaleei seria a melhor palavra – até o centro cirúrgico na encruzilhada, e tratei o melhor possível de minhas feridas. Era especialmente importante deter qualquer tipo de sangramento: o cheiro de sangue vivo, quente, fluido e nutritivo, não era algo que eu gostaria de exalar ao sair dali.

Existia, claro, o risco de ser interrompido por alguém, mas quanto a isso não havia nada que eu pudesse fazer. Mas minha impressão era a de que ninguém, exceto Tsalet e alguns serviçais zumbis incapazes de reconhecer o próprio braço como parte de si mesmos, entrava ali. O fato é que ninguém apareceu.

Enquanto espalhava doses generosas de antisséptico e creme dermatosselante nos ombros e nas costas, tentava me lembrar do que o vampiro havia dito a respeito dos dois corredores onde não havíamos estado: um conduzia à baia de carga onde humanos frescos eram descarregados, e era uma saída independente do complexo. O outro...

Satisfeito de que o único sangue que ainda havia sobre mim ou em minhas roupas já estava coagulado e malcheiroso o bastante para não chamar atenção, resolvi explorar o corredor que *não era* a saída.

Havia celas ali, como eu esperava. Tsalet tinha dito que cada humano passava três vezes pela mesa de operação. Uma, para sofrer a lobotomia; duas, para receber o implante das armas; três...

A terceira tinha de ser para que recebessem a injeção de adrenalina e os implantes explosivos antes de subir à arena.

Nas celas encontrei dois gladiadores semiprontos. Um deles tinha uma estaca afiada de mogno no lugar da mão esquerda e espinhos de prata implantados nos músculos do peito e do abdome.

O outro tinha lâminas que lembravam barbatanas de tubarão implantadas nos antebraços; seus dedos haviam sido substituídos por garras metálicas rudimentares, e sua mandíbula brilhava, prateada. Ambos estavam drogados – inconscientes – e amarrados por tiras de couro a pranchas de madeira sólida.

Tanto a droga que os mantinha inconscientes quanto o que, suponho, era a alimentação que os mantinha nutridos e hidratados vinha por meio de tubos, ligados a uma máquina que murmurava no corredor.

Decidi fazer uma experiência, e desliguei a máquina. Não tive de esperar muito para que acordassem. Em princípio, lutaram fracamente contra as amarras. Mesmo despertos, ainda sentiam os efeitos da droga.

Olhei em seus olhos.

Depois de hesitar por um instante, tirei os óculos e, com eles na mão, estiquei o braço o máximo possível para dentro das celas, numa tentativa de obter uma leitura remota de atividade cerebral dos prisioneiros. Os gladiadores agora lutavam com mais vigor contra as amarras, e era possível prever que não ficariam contidos nas pranchas por muito mais tempo.

O que os óculos detectaram após quase entrar em contato com a cabeça de cada um deles confirmou o que Tsalet tinha dito: não havia ninguém lá. Um gato doméstico teria uma vida subjetiva mais rica que a daqueles dois homens.

O motor de meu braço esquerdo estava queimado, mas no direito eu ainda tinha força suficiente para esmagar a fechadura das portas das celas, o que fiz, deixando-as destrancadas.

Em seguida, saí dali. Primeiro fui à porta que separava o subterrâneo do camarim. Como esperava, não foi difícil descobrir como destrancá-la por dentro – afinal, em teoria, apenas Tsalet tinha acesso a esse corredor. Abri-a e, antes que se fechasse sozinha, calcei-a com um bisturi tirado do centro cirúrgico. Assim, ela pareceria fechada, mas se abriria novamente quando empurrada.

Depois, fui à baia de carga. Não havia ninguém ali – já era dia, quando a maioria dos desmortos prefere estar de volta às tumbas – e também cuidei para que essa porta não se trancasse jamais.

Tentando tirar alguma satisfação da ideia de estar libertando dois monstros na metrópole dos monstros que os haviam criado, parti.

Onde termina o inferno — Douglas MCT

Klint desbravou meio noroeste até chegar ao seu destino.

O lugar era rústico, com pessoas e criaturas transitando de um lado para outro, carregando toras, cestos e fazendo barganhas no comércio da feira que não dormia nunca. Elas criavam lêmures-das-trevas com um carinho bizarro e peculiar. Galyntias não tinha mais nenhum atrativo.

O homem apeou de Butch, seu equinotrotos negro. Covarde, o animal relinchou por estar em território desconhecido. Klint amarrou o companheiro em um poste e se dirigiu a primeira pessoa que passou por ele.

– Ei, mancebo!

– Senhor... – respondeu o rapaz, prontamente.

– Mercenário.

– Senhor mercenário.

– Onde encontro Kesha Ross? – perguntou, sem olhar nos olhos.

– A duas quadras daqui, na rua paralela a esta, perto do estábulo. Só há aquele na cidade, não tem erro.

Klint acenou com a cabeça em agradecimento e seguiu seu caminho. Virou na última esquina e encontrou a cliente estendendo lençóis num varal. Solux ardia, ele suava.

A menina sentiu a aproximação. Virou-se rapidamente ao notar um homem alto, talvez dez anos mais velho, de queixo quadrado, traços másculos e pele bronzeada. Tinha olhos verdes que a analisaram de baixo a cima, cobertos por cabelos ruivos e revoltos, dando-lhe um ar de mistério. Era forte, mas magro, e usava um tipo de uniforme preto com listras brancas, além de um lenço vermelho amarrado ao pescoço. Também chamaram atenção as cicatrizes no punho.

– Senhorita Ross? – perguntou ele, enquanto mastigava algo.

– Depende. Você é o mercenário?

– Recebi o corvo há três dias. Sou eu, Klint Bogart.

O homem estava impressionado. Imaginara uma mulher encorpada, não a menina-moça com não mais do que quatorze sobrevidas, de cabelos desgrenhados e castanhos como seus olhos determinados. Era baixa e esguia, usava um vestido longo e pálido que de vez em quando se confundia com sua pele alva. No Ekos recebido, a voz dela soava doce e madura, então a surpresa dele foi mesmo grande.

Apesar das expressões brandas, Kesha parecia irritadiça e voltou a estender peças no varal. Klint puxou um caixote na sombra e sentou-se, usando seu lenço para enxugar a testa de tempos em tempos. Não suportava aquele calor.

– Quanto cobrará? – ela perguntou, com desdém no olhar.

– Pra recuperar uma maleta, cinquenta moedas de Ouro pagam.

– Dou-lhe cinco de Ouro Real quando terminar o serviço.

– Por quê?

– É o que tenho, cacete. Não está bom para o senhor?

– Melhor impossível. E me chame de Klint.

– Ótimo. Agora vou me banhar e me trocar, espere aqui – Kesha bateu as mãos sobre o vestido, numa tentativa falha de tirar o pó.

– Trabalho sozinho, senhorita.

A menina franziu o cenho, abandonou o varal e se aproximou, encarando-o.

– Olha aqui, senh... Klint: o coitado do meu pai está numa cadeira de rodas há cinco anos. Minha madrasta trabalha o dia todo fora e tenho duas irmãzinhas pequenas carentes de atenção. Aquele ratoneiro levou a única coisa preciosa de nossa família, sabe-se lá para onde, para fazer sabe-se lá o quê. Isso é importante para nós. É o que nos mantém estimulados a continuar com essa sobrevida de merda!

– Para uma daminha, até que a senhorita fala bastante palavra feia, hein.

No final das contas, quem tinha expressões brandas era somente Klint, o despreocupado. E ele não parava de mastigar aquilo. Irritava-a.

– Criança – o mercenário repetiu –, eu trabalho sozinho. Não vou arriscar sua vida. Fique quietinha aqui que voltarei com sua maleta em uma semana. Pego meu Ouro Real e vou embora. Galyntias é muito quente, credo.

A menina se dirigiu a porta do estábulo ao lado, que tinha uma passagem para sua casa anexada e finalizou, sem olhar para trás:

– Vou me banhar. Tem um informante nas fronteiras do Rio Njord que afirma saber o paradeiro do homem que nos roubou e só eu tenho seu contato. Você precisará de mim até lá, pelo menos. Então, me espere.

– Tá bom – Klint cuspiu e, seja lá o que fosse, derreteu no solo em seguida. – Só me diga como se chama o larápio.

– Crocodile.

Ela entrou. Solux moveu-se, uma sombra a menos. O mercenário suou e se lembrou daquele nome.

– Porcaria.

A Kesha Ross que saiu duas horas depois pela porta do estábulo não era a mesma que pendurava lençóis no varal no início da tarde.

O vestido agora era vermelho até os joelhos. Usava bota e chapéu da mesma cor, protegendo-a devidamente. O cabelo estava penteado e duas pontas formavam tranças ao lado do rosto, deixando-o delicado. Parecia maquiada nos lábios e olhos, mas Klint não teve certeza. Só sabia que ela estava perigosamente linda.

Ah, se ela tivesse quatro anos a mais.

– Vai a alguma festa, senhorita? Porque eu tenho uma missão a cumprir.

Ela fez careta, daquelas joviais mas tentadoras, torcendo a boca e os olhos.

O mercenário notou que ela carregava um tipo de bolsa de couro e resolveu que deveria prestar atenção naquilo mais tarde.

Kesha percebeu que Klint também possuía uma bolsa, essa presa às costas, e um tipo de rifle junto a ela.

– O que é isso? – perguntou, apontando para a arma.

– Uma terminata. Uso pra matar bandido.

– Posso ver?

– Nem chegue perto.

E então viajaram.

O avançar da tarde esquentava ainda mais aquela região, rumo ao norte de Necrópolis. Kesha seguia na garupa de Butch. Klint e o animal reclamavam.

– Como foi que Crocodile furtou vocês?

– Não foi furto. Ele simplesmente chegou dias atrás em nossa casa e pegou a maleta. Meu pai alimentava os lêmures no estábulo, enquanto minhas irmãzinhas dormiam e eu cozinhava. O maldito arrombou a porta da frente, gritou comigo, pegou a maleta e saiu andando, sem pressa. As pequenas choraram e meu pai nada fez, coitado, como poderia? Eu ainda tentei correr atrás do Crocodile com a... Com um pedaço de pau. Mas ele ameaçou devorar a cabeça de uma das minhas irmãs. Desgraçado.

– Sinto muito. Mas pode relaxar. Vou recuperar sua maleta e tudo voltará ao normal.

– Espero que sim...

Kesha parecia exausta com toda aquela história. Ela o apertou forte por trás, abraçando-o e apoiando a cabeça em suas costas, de forma inconsciente. Klint não esboçou reação. Era um momento bom para os dois.

Meio dia de viagem e a tarde esfriou brutalmente.

Distante do calor de Galyntias, a dupla se aproximava das margens do Rio Njord. Os arredores eram áridos e solitários, com uma ou outra planta morta-viva, gritos perdidos no ar e um moquiço mal montado na beirada.

Apearam de Butch, permitindo ao equinotrotos beber da água do rio. Ferido, ele protestou, levantando as patas dianteiras.

– Vish! – resmungou Klint ao conferir o Njord.

– Que foi? – perguntou a menina.

– Essa porcaria de rio está quase congelado.

– O Njord está sempre assim. Pensei que soubesse.

– A garota tem razão – disse uma voz vinda da barraca. – Njord é o Rio do Limiar. Muitas guerras começaram aqui, outras tantas terminaram. Apesar de gélido pela natureza de Necrópolis, corre nele o sangue dos derrotados.

Klint aproximou-se, curioso.

– Você é o nômade?

– Prefiro *informante.*

E antes que o mercenário pudesse alcançá-lo, o homem saiu pela fenda do pano. Parecia bem mais velho do que os dois juntos, mas ainda assim paternal. Tinha cabelos negros desgrenhados e ralos, olhos tristes e um queixo quadrado com barba por fazer. Vestia um manto marrom grosso para se proteger do frio que vinha do rio e fumava um zigarrez.

– Você é o Wayne? – ela perguntou, sem formalidades.

– Ultimamente, sim. Já fui chamado por outros nomes ao longo da vida.

– Sobrevida.

– Não. Vida mesmo. Não sou daqui.

Silêncio.

Wayne sentou-se sobre o solo, ali não era gelado. Os dois fizeram o mesmo.

Butch relinchou, mas não o suficiente. Uma espera no tempo. Ninguém parecia ter pressa naquele momento.

– O Njord nasce no pântano de Gargântua e desemboca na aldeia de Gog, seguindo diretamente para o Oceano Tártaro. Não é de fato gelado – Wayne tossiu, mas não parava de fumar. Já tinha a atenção da dupla. – Muito pelo contrário, aliás. É quente.

– Como isso é possível? – o mercenário sempre estava interessado em tudo.

– Qualquer coisa que nasça em Gargântua tem origem desconhecida, mas dizem que existe uma ligação subterrânea com o vulcão Ves-Uyvos. Não sei se é verdade – bateu o zigarrez no joelho e soltou uma baforada. – Muitos desgraçados morreram queimados no Njord. A água é gelada apenas na superfície, dentro dela vocês serão cozinhados, como muitos já foram.

– Então é isso: Butch queimou a língua ao beber água. Não reclamou do gelo.

– Uhum – grunhiu Kesha. – Quem dera os equinotrotos pudessem falar, né? Mas não to aqui pra ficar discutindo a geografia de Necrópolis. Quer Ouro, Wayne? Então me diz onde eu acho o Crocodile.

– Seu Ouro não é honesto, que eu sei – ele sorriu despretensiosamente.

– Ora... Seu pulha!

Klint sentiu-se desconcertado. Não que fosse um rapaz dado a etiquetas, mas as grosserias da menina passavam dos limites.

– Relaxe. Crocodile está na capital de Balor, Kitab Al Azif.

– A Cidade Sem Lei – concluiu o mercenário.

– Tanto faz. Nós vamos caçá-lo! – bradou Kesha Ross, confiante sabe-se lá de quê.

Wayne se levantou, sacudiu seu manto e se aproximou de Butch, acariciando o animal, enquanto terminava seu zigarrez. Parecia calmo.

– Njord é a divisa entre Ermo e Balor, dois territórios muito distintos e hostis. Por isso esse rio é tão peculiar – tossiu até se recobrar. – E importante.

– Daqui, vejo ao longe uma ponte entre as neblinas. O trajeto parece tranquilo. Melhor aproveitarmos a deixa – sugeriu Klint, montando em seu equinotrotos.

– Tranquilo sempre é. Tenham cuidado e boa sorte.

– Obrigado – disse a menina, voltando à garupa e jogando um saco de moedas nas mãos do homem. – Aí está seu pagamento pela informação. Agora, vamos embora.

Klint Bogart torceu o nariz pela ordem. Antes de partir, deixou sua curiosidade indagar:

– Qual será o seu próximo destino, Wayne?

– Devo peregrinar até Galyntias. Vocês saem, eu vou. Minha jornada termina ali.

A ponte era feita de uma pedra escura e úmida que parecia mais velha que o rio, quebrada aqui e ali.

A travessia de Ermo a Balor era de cinquenta passos, um por vez, em fileira. A neblina escondia boa parte de sua feiura. Ao lado, havia uma antiga árvore de tronco retorcido.

Butch protestou mais uma vez. Receoso, quis voltar, mas seu condutor forçou a passagem. Não aconteceu. O equinotrotos parou. Temia algo.

– Há uma presença aqui – murmurou Klint.

– Uma não. Duas – debochou a menina, como de praxe.

O mercenário ignorou a pilhéria e sacou sua terminata. Apontou para o meio da ponte e esperou. Estava tenso, mas atento. Enquanto isso, ela tentava conter o animal cada vez mais inquieto.

Klint ainda mastigava *aquilo*. Kesha não suportava o cheiro e começou a berrar com ele. Típico de meninas histéricas dessa idade, ele pensou. Pediu para que se calasse e prestasse atenção na ponte, mas de nada adiantou.

De repente, não ouviu mais suas reclamações. O mercenário olhou para trás e só viu Butch. Kesha havia desaparecido.

– Mas que droga!

Ao ouvir sua voz, a menina começou a chamar seu nome. O som vinha do alto.

Ela estava presa pelo pé, de ponta cabeça, por um galho que parecia vivo. Tinha sido capturada pela árvore, e em prantos segurava o chapéu. Se caísse de lá, morreria frita nas águas do Njord.

Klint sentiu novamente a presença. Estava mais próxima. Não hesitou e atirou.

A bala ricocheteou na pedra da ponte e atingiu o tronco da árvore, passando de raspão pela cabeça da coitada ali pendurada. O rapaz respirou fundo, deu meia volta e disparou de novo.

– Tampe os ouvidos, criança – ordenou o mercenário, e ela o atendeu.

Klint Bogart usou a terminata como um verdadeiro caçador: disparando para todos os lados, com a arma em seu máximo contínuo. O barulho ultrapassou as barreiras do eco e assustou o equinotroto, que só não foi atingido por esmero de seu dono.

De repente, um *"AI!"* se somou ao barulho dos tiros, e sangue espirrou ao pé da ponte.

– Foi atingido, peralta. Não se esconda mais!

A figura estranha se fez visível como que por mágica.

– Eu estava camuflado, não escondido. Me desculpe, cidadão.

O mercenário coçou o cocuruto, sem entender o mea culpa. Ordenou para que ele colocasse Kesha no chão de uma vez. Ele piscou, mexeu alguns dedos e o galho obedeceu, depositando a menina de volta. Furiosa, ela avançou e lhe deu um tapa, que o derrubou.

– Me desculpe. Me desculpe!

– Desgraçado! Que brincadeira é essa? – Kesha não parava de berrar.

Klint pediu que ela se acalmasse e reparou no ser que havia acertado. Era uma criatura andrógina de olhos apertados e cinzentos, com cabelos escuros e longos que lhe tocavam a cintura. Usava trapos amarelos e rasgados, deixando pernas, braços e peito nus. Tinha um par de orelhas felinas e um aspecto selvagem.

– Sou o dono dessa ponte e preciso testar a pureza dos transeuntes antes deles passarem. Desculpem-me.

– Pare de se desculpar, homem – o mercenário o ajudou a se levantar. – Não faz sentido esse teste no caminho para Kitab Al Azif. Só devem passar criminosos por aqui. Você deve ser um ladrãozinho...

– Não sou um ladrão. Vim das terras puras de Fintal.

Kesha queria voltar a bater nele, mas Klint precisava entender a situação, então a deteve.

– Você é um oria, certo? Logo imaginei.

– Sim. E vocês não podem passar. Não há pureza em nenhum dos dois.

– Espere. A menina aqui... – calou-se e olhou para ela.

– Longa história, queridinho.

O rapaz ficou pasmado. O oria lamentou.

– Desculpe-me desapontá-lo. Tente a próxima cliente.

– Isso não me interessa! – Klint deixou a rusga de lado e voltou suas atenções para a criatura. – Precisamos passar, estamos em missão. Saia do meu caminho.

– Eu não posso. Sou o dono e devo protegê-la dos impuros.

O oria fechou os olhos, trazendo a neblina para perto de si num pequeno tufão. As águas do rio formaram uma tormenta e subiram do vapor, prestes a atacar. Os galhos da árvore entraram em nova formação.

– O desgraçado controla os elementos! – Klint armou a terminata.

– Não gaste mais seus pentes, podemos precisar deles na cidade – Kesha levou a mão à bolsa. – Talvez eu consiga resolver isso mais rapidamente.

O embate foi interrompido por um rugido imponente.

A natureza voltou ao normal. Nenhuma arma foi sacada. Os três pararam diante de um leão negro de jubas ferozes que se aproximava pela ponte.

– O oria é louco. Vocês podem atravessar.

– Droga, Garrel! Eu só estava praticando o bem – protestou.

– Cale-se! – ninguém teve a audácia de se mover. – Sou Garrel, como ele já lhes adiantou, e pertenço à tribo sul dos virleonos. – Apontou a cabeçorra para o andrógino. – E este é Basa-Jaun, um mero aprendiz.

– Não sou louco, mas podem me chamar de Zuberoa. Prefiro.

– Na verdade, Basa-Jaun é um *doppelgänger.* Só que já se transformou tanto em outras criaturas, que nem se lembra mais de sua verdadeira forma.

– Doppelgänger? – a menina não sabia o significado.

– É um tipo de criatura disforme que tem por hábito copiar outra que lhe atraia, geralmente de sentimentos opostos. Algumas mantêm a original viva, outras matam. Vai do caráter. Doppelgängers são seres confusos por essência.

– Ah, mas Basa-Jaun manteve o original vivo por paixão. Amava sua forma, seus trejeitos, sua voz. Até o dia em que o original tornou-se amante de uma humana que dizia ser virgem. Ela o matou e roubou seus pertences elementais para um ritual de Magia Negra. Por isso o doppelgänger odeia os impuros. Vez ou outra, ele mata alguma garota desvirginada, só por vingança. Como eu disse, ele é louco – Garrel complementou.

– Antes eu era uma mera sombra. Agora sou alguém. Apenas assumi o lugar do meu amor. Ele ainda existe, vivo em mim.

– São amigos? Pensei que virleonos e orias fossem inimigos mortais.

– Somos. Mas Basa-Jaun é um doppelgänger, não oria. E me achou no deserto das Terras Mórbidas na forma de outro de minha raça, pedindo para ser meu aprendiz em magia, já que sou o único praticante entre os meus. Sofreu muito o coitado.

Kesha e Klint se apresentaram e a menina não perdeu tempo em lhes contar sobre Crocodile e o roubo da maleta. O mercenário preferia a discrição com estranhos, mas ninguém podia com ela.

Garrel afirmou que Crocodile não havia passado pela ponte, guardada por eles há quase uma década. Nas últimas semanas, vira apenas ladrões, assassinos e prostitutas; o de sempre. Crocodile era conhecido na região, com cabeça a prêmio entre os mercenários. Difícil de pegar, bem guardado por homens poderosos.

– Virleonos são profetas desde que nascem. Há dez anos eu profetizei que vocês cruzariam meu caminho – Garrel retornou à ponte e os chamou com o olhar. – Há dez anos não profetizei o que ocorreu há cinco: Crocodile matou meu bando para furtar uma profecia que não estava mais conosco. Uma grande perda. Por isso atravessei Necrópolis até aqui. Vim para caçá-lo.

– Então vai nos ajudar a pegar o maldito? Ai, que demais! – Kesha era só empolgação.

– Seguirei viagem com vocês e vou ajudá-los a enfrentar os 40 Diabos. Mas serei o responsável pela morte de Crocodile. Depois, serei morto, segundo a profecia. Terei minha vingança antes do final. Esperei dez anos por isso.

Enquanto Klint refletia sobre o que seriam os 40 Diabos, o quarteto atravessava a ponte. O mercenário finalmente se tocou da enrascada que havia se metido.

"Isso não vale cinco moedas de Ouro Real", disse em algum momento.

Um dia de viagem e chegaram a porteira da entrada de Kitab Al Azif. Um corvo ali pousado os avisou que não eram bem-vindos.

– Kitab Al Azif. O que significa? – perguntou a menina.

– *Pecado* – respondeu Garrel.

– Coerente – disse Klint, descendo de Butch e carregando Kesha até o solo.

Basa-Jaun voltou a se camuflar, com o argumento de que não queria arriscar sua sobrevida. Como precisava seguir o mestre mago, ficou sem alternativas, mas preferiria não estar ali.

– Sou eu o responsável pelo gelo sobre o Njord e também pelas neblinas. Construí todo o cenário local para vender uma ideia de terror.

– Construiu uma maquete de boas-vindas para bandidos de alto calibre, isso sim, seu idiota! – Kesha Ross resmungava entre dentes.

– Doppelgängers quando assumem a forma de uma criatura fazem-no também com suas habilidades, simetricamente iguais. Então, como os orias, Basa-Jaun possui poderes elementais – explicou o virleono.

– Espero que Basa... Zuberoa nos seja útil nessa missão. Vamos precisar – disse o mercenário, preocupado com o que realmente interessava.

Klint amarrou Butch, deixando-o para trás.

Nada mais disseram e entraram na cidade. O corvo gralhou, anunciando a chegada do grupo.

Como o rapaz previu, as reações dos habitantes foram hostis. Apesar de grande, Kitab Al Azif possuía uma única rua, que cortava toda a cidade ao meio. Possuía nas beiradas casebres de madeira escura, com janelas sendo fechadas as pressas. Tinham para si que qualquer visitante trazia o mal.

A poeira levantava a cada passo, sujando a alma dos viajantes com aquele lugar impuro e traiçoeiro.

Na outra ponta da capital, a visão turva identificou a silhueta de uma velha igreja.

– Crocodile sabe que estamos aqui. A qualquer momento podemos ser baleados – alertou o virleono.

– Muito empolgante isso, felino – disse a menina, que os arrastou até o *Bala Perdida*, o único saloon local. – Não saio daqui sem minha maleta, mas não quero levar um tiro de graça.

Garrel avisou que guardaria a porta e não entrou.

No Bala Perdida, os homens seguiam o clichê esperado: pareciam não se banhar há dias e eram mal encarados, além de beber e urinar no próprio local, impondo sua masculinidade. Kesha nem se importava em vê-los tocando a virilha ao observá-la passar ou dando assovios e urros de tesão. Mas uma passada de mão não foi perdoada: a menina quebrou o dedo do atrevido tão rápido que ele nem notou. Ninguém prestou muita atenção, pois lá as pessoas não se importavam umas com as outras.

Klint queria uma mesa, mas Kesha optou pelo balcão. Oculto e em silêncio, Zuberoa permanecia em pé ao lado deles.

Um balconista gordo e careca, com lenço no ombro e olhar de coitado, parou diante deles, esperando uma resposta.

– Duas *cevatas* bem geladas – ela pediu.

– Farfs é mudo. Falava demais, cortaram sua língua. Não liguem – arrotou um homem nas sombras na outra ponta do balcão.

Não responderam. Klint já a havia instruído a não falar com estranhos naquele lugar. Ninguém era confiável.

– São amantes?

– Quem dera – respondeu Kesha.

O mercenário a repreendeu com o olhar e tomou a frente:

– Sou Klint Bogart, mercenário. Cale-se, se não quiser acabar como Farfs.

O intrometido saiu do escuro, revelando-se um homenzarrão de quase dois metros. Forte, tinha a pele judiada por Solux e cicatrizes misturando-se aos seus muitos tufos de pelos brotando do peito e da barba irregular. Um tapa-olho no esquerdo completava o visual.

Parecia bravo.

– Anarchy Rah All, xerife.

Klint engoliu em seco, Kesha manteve o desdém e Zuberoa queria poder morrer naquele instante. Do lado de fora, Garrel sentiu o cheiro de encrenca.

– O que um mercenário e sua concubina querem em minhas terras? – sua voz era como um pequeno trovão. O Bala Perdida tremia, mas a bagunça continuava.

A menina quase reagiu, porém, mais uma vez o rapaz a deteve. Explicaram a situação, sem delongas.

Anarchy Rah All levantou seu chapelão preto, coçou o cocuruto. Ajeitou sua camisa amarela e ajustou aquela calça surrada ao sentar de novo. Bebericou algo sobre o balcão, franziu o cenho e manteve-se em silêncio. Os três o observavam, sem saber o que esboçar.

– Kitab Al Azif é um bom lugar para morrer – disse, enfim. – A sombra de Thanatos paira sempre sobre a capital no crepúsculo. Poucos escapam.

– Quem é Thanatos? – perguntou Kesha, fazendo um bico.

– O Juiz da Morte da Era Antiga, dos Planos Etéreos. Coisa complicada – Zuberoa começou a explicar, mas o mercenário o interrompeu.

– Atearam fogo em duas casas de família ontem. Semana passada, abusaram da filha de um fazendeiro e ele teve que dá-la como *pagamento* em troca da sobrevida dos demais da prole – o xerife cuspiu. – Kitab Al Azif é assim. Você pode matar Crocodile, mas não vai mudar o que a cidade é. A sujeira é antiga e está impregnada por toda a parte. Sempre estará.

– Então pra que você serve? – a menina ousou questionar.

– Para tentar manter a ordem no caos. Dar esperança ao povo e coragem aos bravos. Temos muitos destemidos por aqui, pena que metade já debandou.

– Voltaram para a barra da saia das mães?

– Não. Foram formar os 40 Diabos de Crocodile. São bem pagos. E não falo só de Ouro, mas também de mulheres, poder, fazendas, sobrevivência no meio... Há muito a se ganhar sendo um ratoneiro em Kitab Al Azif. Pecar em Pecado é um bom negócio.

Klint Bogart pagou as cevatas a Farfs, levantou-se e puxou a menina consigo.

– Eu vou matar aquele bandido, pegar minha grana e cair fora. Não quero mais perder tempo nesse lugar.

– Ser destemido aqui de nada adianta, mas boa sorte. Se precisarem, posso indicar um agente funerário.

– Não vai nos ajudar? – Kesha perguntou, quase como se quisesse que a encrenca acontecesse.

– Não. Tenho tantos problemas para resolver quanto vocês. Vocês têm passe livre para aniquilar Crocodile e os 40 Diabos... Se conseguirem, é claro – findou Anarchy Rah All, afundando nas sombras do balcão.

Saindo do Bala Perdida, a menina voltou a brigar com o homem que a molestou e gerou uma pequena confusão envolvendo bêbados, facas e vidros quebrados. Zuberoa fugiu portinhola afora e Klint ateve-se aos seus pensamentos, sem dar atenção para a bagunça.

Sua missão era suicida. Mas não tinha mais volta.

Alimentaram-se e encheram seus cantis de água, enquanto Solux queimava no firmamento. Quando o satélite sobrenatural começou a se apagar, o crepúsculo chegou em Kitab Al Azif e eles caminharam para a batalha. Garrel disse que

Crocodile e seu bando encontravam-se na velha igreja, esperando para matar mais uma vez.

O quarteto cortou a cidade, sem esperança nem vontade de realizar o feito. Mas o pouco de coragem e determinação serviu como motor a cada passo. Só Kesha mantinha-se segura.

Ao se aproximarem da velha igreja, que tinha porte médio e fedia como tudo no lugar, avistaram um córrego que desbocava num poço ao lado dela. Era um pequeno braço extra do Rio Njord. Frio por cima, quente por dentro. Klint se lembraria.

Antes, porém, disparou.

O mercenário sacou sua terminata e atirou várias vezes contra a porta da velha igreja. Um som seco e fúnebre ecoou do lado de dentro. Essa era as suas "boas-vindas".

– Matou três – grunhiu Garrel, sereno.

– Eram só capangas – Klint cuspiu de novo aquilo que tanto mastigava e depois berrou: – Quero ver os 40 Diabos! Quero ver Crocodile! Vamos, deem as caras!

Sem demora, exatos quarenta homens saíram armados, rindo e sem medo. Estavam vestidos a caráter como sertanejos, com botas, jeans e chapéu. A única diferença é que suas peles, em vez do bronze habitual de Pecado, estavam extremamente pálidas.

– São vampiros? – perguntou Zuberoa, apavorado.

– Não, pior. Reparem no tecido de suas peles, estão com fragmentos verdes. Há veneno ofídio correndo em suas veias. Estão dominados – esclarececeu o virleono.

– Uma pena, mas não há mais volta para eles.

Klint não hesitou. Disparou sua terminata contra quatro Diabos, matando-os com facilidade.

Garrel encarou seu discípulo com rigidez, ordenando com os olhos uma ação eficaz. O doppelgänger se fez visível e buscou no seu íntimo os poderes elementais dos orias e evocou as energias da terra. Os grãos de areia foram se juntando, pulando como pipoca uns sobre os outros até formar um muro. O primeiro foi mais difícil de fazer, demandava uma concentração maior, mas os seguintes surgiram fáceis. Assim, Zuberoa fez crescer quatro muros de terra para protegê-los dos tiros dos 40 Diabos.

Aproveitando-se dessa pequena distração elemental, a fera avançou sobre os homens, decepando membros, devorando cabeças e arrancando corações, sem perdão. Virleonos eram selvagens como qualquer animal de Necrópolis, porém conscientes e mais sábios que os homens.

Os tiros que recebeu não lhe feriram gravemente, devido ao seu couro ser espesso e resistente.

– Larápio, eu previ sua queda – rugiu, antes de devorar mais um Diabo.

Enquanto homens caíam por disparos de terminata e mordidas de virleono, Zuberoa utilizou seus poderes primordiais para fingir ser um deles. Sorrateiro, ele entrou na velha igreja e matou pelas costas capangas que aguardavam nas sombras, limpando o caminho até o inimigo.

"Essa guerra não é minha", dizia para si o tempo todo.

Klint levou um tiro no ombro, mordeu o lábio para conter a dor e retomou a ação, sem cessar. Era forte, e a magia presente reestabeleceu um pouco mais sua esperança. Kesha, que estava encostada no mesmo muro que ele, gritou em meio aos disparos:

– Casa comigo se nos salvarmos?

– Não. Agora se abaixe!

Mais um Diabo caiu.

– Eu já sou mulher.

– Não.

Outro.

– Pensa que não percebi você me olhando várias vezes, é?

O mercenário agarrou-a pelo braço e berrou:

– Pego meu Ouro e vou embora, entendeu?

Matreira, ela lhe deu um beijo quente e molhado, inescapável. Depois, ajustou sua bolsa, saltou do espaço de um muro para outro e foi se esgueirando para fora da área de fogo até desaparecer em meio à poeira.

Sem tempo de ficar atônito, Klint se sentiu revigorado e derrubou mais dois. Sabia que a menina ia aprontar algo, e torcia para que não morresse tentando.

O rapaz levou um susto quando viu Garrel voltar correndo, com Zuberoa ferido em suas costas. O doppelgänger gemia em dor. Havia levado duas facadas no dorso, não sem antes eliminar os capangas que armavam uma arapuca na entrada da velha igreja.

O virleono concentrou sua Magia de Cura na cauda e pincelou as feridas do discípulo, enquanto Klint dava cobertura.

– Basa-Jaun não corre mais riscos, mas ficará fora de ação.

Por estar inconsciente, os muros de areia criados por ele se desfizeram. Klint seria alvejado se Garrel não tivesse saltado em sua frente, recebendo os tiros como um escudo animal. Mesmo imune a balas, a quantidade de artilharia o fez tombar.

– Fuja. Vou explodir todos os que restaram num último ato.

– Poético até na morte – disse Klint Bogart, antes de rolar terra abaixo levando Zuberoa consigo, seguro da magia destrutiva do virleono.

Garrel murmurou algumas palavras, enquanto os últimos Diabos avançavam. Em segundos, uma camada de energia escura cobriu seu corpo e explodiu, evaporando com a existência de todos os bandidos e colocando a velha igreja abaixo. Um cogumelo de fumaça pôde ser visto pelos habitantes de Kitab Al Azif há quilômetros dali. Era lindamente trágico.

A poeira pós-explosão impediu a visão do cenário deplorável, como uma névoa de morte. Temporariamente surdo, o mercenário conseguiu ler os lábios de um fraco Zuberoa:

– ...mestre errou a profecia... Morreu antes de matar Crocodile.

Crocodile. Onde estaria?

Klint lembrou-se de Kesha Ross e se preocupou. Correu em sua busca, sujando-se de pedaços humanos, a terra lhe entupindo o nariz, o desespero subindo pelo peito. Sentiu amargura ao encontrar sua bolsa destruída num canto, um chumaço de cabelo no outro, pedaços de roupa caídos aqui e ali.

A menina também tinha morrido, concluiu.

Desolado, o mercenário retornou ao centro da cidade, com o doppelgänger pendurado sobre os ombros.

– Minha missão foi em vão. Tudo em vão... Kesha... – derramou uma lágrima.

O xerife Anarchy Rah All os aguardava no centro da rua, engolindo poeira sem pestanejar. Tinha os braços cruzados em frente ao seu corpanzil, soberano.

– Sinto muito pelas perdas. A garota era bonita – pigarreou e levou-os até uma carroça para tratamentos medicinais de uma Curandeira local. – Enviei uma tropa de cavaleiros até a ponte. Mudei a política: agora ela será revistada. Qualquer um que passar, tem de parar antes.

– Ele... Está mentindo – murmurou Zuberoa ao pé do ouvido de Klint.

– Eu sei – cochichou de volta. – Ele quer nos manter refém nessa maldita cidade.

– Você, não. Atrairia outros mercenários e acabaria por prejudicá-los. Anarchy comanda Kitab Al Azif com punho de ferro há décadas, não vai mudar sua política agora só porque um animal e uma garota morreram matando 40 bandidos. Ele quer a mim. Sou útil para a capital por controlar os elementos. Eu ficarei.

– Sem essa.

– Vá, Klint – O doppelgänger empurrou o rapaz para fora do conforto da carroça. Uma mulher gorda de manto escuro se aproximava, era a Curandeira. – Assim que estiver recuperado, posso me transformar em outro cidadão e fugir sem problemas.

O mercenário disfarçou seu aborrecimento, desejou bonança aos cidadãos e despediu-se do xerife, sem olhar para trás. Recebeu desejos de "força" e "boa sorte" falsos como um ratoneiro.

Anarchy Rah All voltou seu único olho para Zuberoa e sorriu sua risada desgraçada. O doppelgänger então entendeu: não era o xerife, mas Crocodile quem comandava aquela cidade. Ele seria escravizado, mas não se importava mais. Sem Garrel, nada mais fazia sentido.

Klint cavalgou com Butch para fora de Kitab Al Azif, sob comemoração dos corvos. Cabisbaixo, ele disparava maldições contra si mesmo. Não se perdoava.

Antes de alcançar a ponte, encontrou Crocodile.

Ele lhe apontava uma arma.

– Deveria ter imaginado que sobreviveria à explosão, maldito...

– Eu nem essstava na igreja. SSSou precavido.

O bandido tinha um aspecto rude e redondo. Era um lagarto humanoide e baixote, vindo de Érebus, desertor do Reino de Astaroth por sua própria ambição. Cheio de bolhas pelo corpo verde, balançava sua cauda enrugada. A bocarra com centenas de dentes não negava sua ascendência: um reptiliano.

Protegido dos pés a cabeça com placas de metal, Crocodile segurava uma pistola numa mão e a maleta na outra, firme em ambas, distribuindo a mesma importância.

– Quer morrer sssobre sssua montaria ou individualmente?

– Frio por cima, quente por dentro – murmurou Klint, apenas.

Crocodile atirou. E morreu.

Garrel balançou a garganta mole de sua vítima presa entre seus dentes e depois jogou o corpo morto de Crocodile ao chão. Virleonos não sorriam, mas foi o que ele pareceu fazer por um instante.

– Você saltou tão rápido sobre o larápio que eu quase não o percebi – disse o mercenário, aliviado. – Pensei mesmo que eu fosse morrer agora. Com o ombro ferido, não teria sacado minha terminata em tempo.

– Somente a criança compreendeu a alegoria do Rio Njord. Ele é mortal para humanoides, não para virleonos. Há dez anos, descobri acidentalmente que suas águas revigoram minha raça. Pena que meus parentes ainda não puderam experimentar delas.

– Então, aquela magia não foi de explosão. Você se teletransportou para o braço d´água do Njord para se salvar dos tiros. Belo truque – o rapaz riu.

– Pois sim. E quem pôs aquela igreja abaixo fora sua amad... Sua amiga.

– Kesha...

Os olhos do mercenário lacrimejaram novamente. Ele ficou em silêncio.

– Se começar a chorar, vou te dar um tabefe! – gritou Kesha Ross, deixando Klint embasbacado.

Em meio à névoa, surgiu a bela silhueta da menina. Com menos roupa do que antes, parecia mais confortável naquela condição. Gostava de chamar a atenção, ser observada. Postava as duas mãos sobre a cintura, nariz empinado, orgulhosa de si mesma.

– Não me diga que você...

– ...Carregava uma bomba munida de pólvora. Sim, sim! – ela complementou.

– Eu e Kesha combinamos o truque antes de chegar à igreja. Quase morremos, mas funcionou. Eu precisava cumprir minha profecia matando Crocodile para ter paz pelos meus companheiros assassinados.

Klint sabia que bomba de pólvora era proibida em Necrópolis pelos Militares da Esquadra de Lítio, e passou semanas tentando compreender como uma garota de quatorze anos conseguira tal material, já que a mesma não lhe respondeu.

Kesha Ross montou em Garrel, ambos satisfeitos. Ela principalmente, por ter recuperado sua maleta. Rumou de volta a Kitab Al Azif, com o mercenário em seu encalço em cima de Butch.

– Quero meu Ouro.

– Você o terá, por mais que não tenha merecido, já que eu fiz todo o serviço sozinha, no final das contas – gargalhou. – Tá. Garrel ajudou um pouquinho matando Crocodile.

– Eu teria consegui... – Klint foi interrompido.

– Eu sei, amor. Mas estou apaixonada e não vou sair do seu pé. Você será pago depois de me dizer seu nome verdadeiro, tá?

– Klint Bogart.

– Não! Assim como sei que o informante Wayne não se chama *Wayne*, sei que o seu Bogart é um disfarce. As iniciais no seu punho indicam *KK*. Qual é o seu real nome?

Sem saída e sem dinheiro, ele foi sincero:

– Klint Kirsanoff, mercenário.

Ele recebeu o Ouro das mãos da menina, agora satisfeita, e seguiu a viagem de volta à capital junto dos dois.

– Por que voltamos a Pecado?

– Para salvar Basa-Jaun, o louco, obviamente – respondeu Garrel.

– Teremos de enfrentar o xerife, já sabem.

– Sei não. Com a morte de Crocodile, Anarchy ficou acuado. Ele não arriscará a queda de sua cidade por um doppelgänger – disse Kesha.

– E se arriscar, tirarei seu outro olho – grunhiu o virleono.

– Não será fácil.

E quem disse que precisa?

Sem medo dessa vez, cavalgaram de volta ao inferno.

A cidade perdida — Rafael Lima

"A dor aleija a razão."

Acho bela essa frase de Dewan Di, famoso pensador e suicida do século XXV. Apesar de ser militar, gosto de filosofia.

No entanto, prefiro estar livre.

E não sentir dor.

Grilhões ásperos prendem meus pulsos e tornozelos, machucando mais do que os castigos dados pelo capitão. Ah, o rígido Tissat. Enquanto recobro a consciência, sinto falta dele, e de sua tropa também.

Sei que é inútil, pois estão mortos agora, devorados pelas bestas da floresta. Bem feito. Eu e dois camaradas meus avisamos que o gerador da cerca estava avariado e não aguentaria a noite toda.

Ninguém quis nos ouvir e deu no que deu. Primeiro foram gritos, depois disparos e uma correria sem tamanho. Desorientado, me embrenhei sozinho na mata de Noah e corri por mais de um quilômetro sem olhar para trás. Só parei quando senti uma agulhada no pescoço e, mesmo assim, porque nauseei e desabei na relva. Segundos depois, uma silhueta apareceu das sombras e se aproximou de mim.

A quem pertencia, ou o que aconteceu depois, não recordo. E não interessa. O fato é que não há ninguém para me salvar. Tirar-me desta... desta...

Onde diabos estou?

Já tenho conhecimento de algumas coisas. Apenas meu calção furado de estimação me cobre e o frio lambe minhas costelas. O que acontece ao meu redor, porém, ainda é um mistério, assim como o que *é* o meu redor, pois o mundo continua girando.

Aguardo. Pisco para lubrificar a córnea e a visão, enfim, desembaça. A princípio, parece que estou em uma choça, redonda, vazia e de ambiente único. Meia-dúzia de velas estão pregadas no chão de terra batida e a luz de suas chamas quase não alcançam o teto abobadado de palha e barro.

Respiro fundo. Espio ao redor da desconfortável moradia e descubro algo capaz de fazer meus olhos brilharem: meu uniforme e armamento, amontoados em um canto.

A felicidade, no entanto, logo se vai. Só pode ser uma armadilha. Como alguém seria estúpido o suficiente a ponto de deixar o equipamento de um soldado, após encarcerá-lo, a poucos metros dele? A não ser que o captor esteja planejando me revisitar em breve, é muita...

Tremo com essa ideia e paro. Movo os braços vagarosamente para saber se ainda respondem ao meu comando. Normalizo a respiração e enrijeço os músculos, com a certeza de que o momento de agir chegou.

Não sou um kogun com um grande leque de técnicas, mas tenho meus truques. Um deles se chama kentake, o uso da Aura para causar um deslocamento de ar. Como ainda não aprendi a aumentar a força física – seria a próxima lição dada a mim pelos jovens combatentes Ashvick e Heatbolth –, a kentake é a minha melhor opção para sair desta masmorra.

Fecho os olhos, inclino-me para frente e trinco os dentes até ficarem perto de quebrar. Meu punho trepida e, por milímetros, as unhas não perfuram as palmas das mãos. Conto até três e solto ar.

Expulso, assim, o peso que há em meu peito.

Na primeira vez em que se realiza a kentake, a sensação é de que a carne vai explodir, pois o corpo incha de forma assustadora, sobretudo o antebraço e a panturrilha. Porém, quanto mais se pratica a técnica, mais a Aura lhe deixa com fluidez. Há uma hora no treinamento em que você só percebe que a energia divina rompeu a atmosfera em velocidade exorbitante quando vê o estrago que causou.

E o estrago, nesse caso, foi feito às correntes e pulseiras de ferro que me prendiam. Logo que os pedaços enferrujados terminam de rodopiar no ar, alcanço o chão e esfrego os braços em uma tentativa de eliminar a dormência. Em seguida, caminho até meus pertences na ponta dos pés.

Visto a farda, o coturno e o colete rapidamente. Do capacete não faço questão, pois minha cabeça dói. Assim que apanho o fuzil, percebo que está descarregado e o arremesso longe, só de raiva. No fim das contas, a maldita silhueta que me apagou não era tão inocente assim.

Penso nela e no quão perto ela pode estar. Grudo as costas perto da entrada da casa e espio rapidamente o lado de fora. Não há nada além da escuridão. Conseguiria fugir assim tão fácil? Depois dessa, novas perguntas surgem na minha mente. Felizmente, todas são respondidas quando saio da casa.

Estou em uma colina não muito elevada e, diante de mim, há uma aldeia. Ela é enorme, com vários casebres iguais aquele às minhas costas e construções maiores feitas de pedras sobrepostas, que se enfileiram obedecendo a uma simetria quase perfeita.

Coço a cabeça, a paisagem me é familiar. Preciso apenas de um sopro de vento no rosto para lembrar o porquê.

Eu já a tinha visto em uma fotografia tirada por um explorador shandariano quatro ou cinco séculos atrás. O sujeito, chamado Rubian Sheo, havia passado décadas na Floresta de Noah com um único propósito: encontrar uma tribo considerada extinta, que teria como particularidades drenar a Aura de forasteiros e habitar um lugar que, misteriosamente, se revelava apenas quando conveniente.

Somente quando conseguiu obter uma prova de sua existência, Rubian retornou à civilização. Já estava no fim da vida e, meses depois, morreu. A maioria das pessoas pôs em cheque a autenticidade da fotografia e a veracidade de seus relatos, enquanto os poucos que acreditaram no explorador o transformaram em um mito, quase tão grande quanto o que ele tentava desvendar.

Desde o momento em que soube da história, folheando despretensiosamente uma revista sobre arqueologia chamada "Novos Passados", passei a pertencer ao primeiro grupo. No entanto, sei agora que, por mais louco que o homem tenha sido, há algo que não se pode negar.

Suas descrições sobre a aldeia esquecida pelo tempo batem exatamente com o que vejo diante de mim, banhado pela luz das luas Calisto e Giamate. Decididamente, não restam dúvidas, estou na Cidade Perdida dos Limps.

Assim que me dou conta disso, lembro da última parte da matéria da revista. A melhor de todas. Meus pensamentos, entretanto, se vão logo que noto uma sombra se movendo na superfície dos casebres mais próximos.

Meu sequestrador não me esqueceu, afinal.

Bem, pior para ele.

Volto a ficar à espreita perto da entrada da masmorra, do lado de dentro, e puxo uma faca da calça. Como foi projetada para perfurar carcaça de outros seres mais robustos, imagino que atravessará meu inimigo como se ele fosse de manteiga. Finalmente, terei alguma diversão.

Assim que o vulto entra, dou o bote, porém sou segurado por uma mão delicada. Bambeio ao ver a quem pertence e não demoro dois segundos para concluir que se trata da jovem mais bonita que já vi.

Seus olhos cor-de-mel me encaram apavorados. O tecido que cobre seu corpo é justo, me permitindo ver sua voluptuosidade com nitidez. Sua pele parda, cabelos negros, tudo na maldita selvagem é hipnotizante.

Talvez os limps não sejam maus anfitriões, afinal. Apenas não sabem fazer recepções. Sem problemas, já estão perdoados. Giro a jovem com um puxão, dou-lhe uma gravata e encosto a faca em seu pescoço. Ela sussurra, sentindo o ar faltar-lhe:

– Ajudar...

– O quê?

A selvagem sacode o traje limp embrulhado que tem em mãos e repete:

– Vim ajudar...

– Como você sabe minha língua?

– Meu nome é Suriah, sou filha do sasokim. Nosso líder. Aprendi...

– O que veio fazer aqui?

– Vim lhe salvar.

– Quem disse que preciso ser salvo?

– Meu pai manda prender os forasteiros para roubar-lhes a Aura. Fazemos isso há séculos, é a tradição. Mas os limps devem entender que nem todos os de fora são maus. Ou estão atrás de nosso tesouro. Por favor, me solte...

Ao ouvir a palavra mágica, obedeço à jovem.

– Então vocês têm mesmo um tesouro?

Suriah recupera o fôlego e explica, me olhando desconfiada:

– Sim. Um tesouro único. O maior presente deixado pelos humanos antes deles desaparecerem de Asíris.

Mordisco os lábios, pois a informação é tentadora. Como flechas, duas opções entram na minha cabeça.

Opção um: voltar para a Base de Dherates como o único sobrevivente de um massacre e ser condecorado com medalhas de honra extraordinariamente polidas. Ser obrigado a ouvir um discurso de exaltação à monarquia e seus bravos defensores e, no máximo, obter uma promoção a capitão.

Opção dois: retornar triunfantemente com um achado histórico de valor incalculável, obter fama, dinheiro e inúmeras aparições na rede Constelação.

Escolho a última – surpresos? – jurando que me meteria nessa enrascada apenas pelo velho Sheo, para provar que ele estava certo. Ao menos, essa é a maneira que encontro para manter a consciência limpa após tomar uma decisão tão arriscada.

Suicida, na verdade.

Mas quem se importa?

Imobilizo novamente minha doce salvadora e pergunto com um sorriso de canto de boca:

– Por que você acha que não sou um desses caçadores de tesouro?

– Por favor. Quero...

– Sim, você vai me ajudar a fugir, querida. E vou lhe agradecer por isso. Mas, antes, você vai me levar até esse tal... "presente humano".

Instantes depois, vestido como um limp, serpenteio pelas sombras das construções selvagens na companhia de minha refém, tentando nos manter ocultos na alta madrugada.

Suriah também colabora, e em momento algum se mostra arredia. Mesmo assim, eu a ameaço verbalmente de tempos em tempos, para desestimulá-la a tentar algo estúpido e demonstrar meu cavalheirismo.

Depois de uma boa caminhada, alcançamos uma clareira perto dos confins da cidade, delimitada por uma cerca de toras. No início da clareira há um portal rochoso, entrada para uma pequena caverna, vigiado por oito homens, duas vezes mais largos e dez vezes mais feios do que eu. Mesmo sabendo que não são koguns, fico apreensivo.

De longe, me parece que empunham lanças. Mas quando chego perto, descubro que são bastões de metal e franzo o cenho. Àquela altura, não importa se são varas de pescar ou cabos de vassouras. Tenho que passar por eles.

Encosto a faca com mais força nas costas nuas de Suriah, ao mesmo tempo em que torço para que os selvagens não se atentem em demasia à cor da minha pele, um pouco mais clara que a deles. A cidade é grande e imagino que não seja impossível desconhecerem um conterrâneo.

Assim que fico à frente do sujeito mais alto, percebo que estava sendo otimista demais. Ou idiota, como preferirem. O homem aponta para mim e me encara com os olhos flamejantes, enquanto discute com a jovem sob meu domínio. Seu dialeto o obriga a usar as cordas vocais de maneira lacerante, cada palavra parece um grasnado. Para meus ouvidos, o som é odioso.

Com relutância, ele nos deixa passar. Respiro aliviado, pois a loucura ainda não chegou ao fim. No fundo da caverna, há uma mandala de dois metros de diâmetro, envolvida por minúsculos cristais esmeraldinos de luz própria. Atrás dela, algo curioso: cargas de TNT suficientes para demolir um palacete. Abaixo, um buraco retangular por onde degraus moldados na rocha descem rumo à escuridão.

Apanhamos uma das duas tochas na entrada da passagem e a adentramos devagar. Sem demora, chegamos ao fim do declive e somos obrigados a nos esgueirar por vãos cada vez mais estreitos, que formam um labirinto úmido e claustrofóbico. Vinte minutos depois, alcançamos um barranco e eu me inclino para ver o que há aos meus pés.

Ideia estúpida.

Suriah me empurra e, antes de me estatelar, despenco de uma altura de cinco metros. Por incrível que pareça, sofro apenas escoriações. Talvez não passe mesmo de um cabeça-dura, como o pessoal da tropa costumava dizer. Sentindo o corpo machucado, olho para cima. A morena ainda está lá, na borda da pequena ravina, me encarando. Antes que eu possa xingá-la, ela toma a palavra:

– Fique tranquilo, forasteiro.

– Sua...

– Não contarei o que você fez. Apesar de tudo, sei que você é diferente.

A ingenuidade de Suriah é tanta que quase me faz rir. Ela prossegue:

– Ninguém entra aqui à noite, você poderá explorar essa área à vontade e sair quando quiser. Só tome cuidado. Muitos lugares daí em diante são perigosos. E, por favor, lembre-se sempre de uma coisa.

A jovem faz uma longa pausa, me obrigando a perguntar sem paciência:

– Do quê?

– Fique longe do "homem mau".

– "Homem..."

– Ele tolera a presença de banshees em qualquer lugar, menos dentro de sua sala. Se você entrar lá, ele vai lhe matar e toda a cidade estará condenada. Isso aconteceu na primeira vez que pisamos aqui e foi muito difícil reerguê-la.

– Mas como eu...

– Boa sorte, forasteiro. E adeus.

Antes que eu possa pedir esclarecimentos, Suriah corre de volta em direção à superfície com um sorriso malicioso e as bochechas coradas. Pergunto-me por que toda garota poderosa gosta de viver perigosamente e coloco as novas regras na cabeça.

Pegue o que puder, mas não se aproxime do "homem mau".

Ergo-me do chão e me viro. O joelho falha por um instante, mas consigo controlar a dor. Há uma fenda do tamanho de um elefante a cinco passos de mim e, além dela, apenas o breu. Felizmente, a tocha que carregava ainda está acesa. Com ela em mãos, me aproximo da abertura e noto que há uma inesperada passarela de aço bem abaixo. Pulo nela.

O único caminho é uma escadaria que desce rumo ao nada. Começo a pisar os degraus com cautela, tentando adivinhar o que torna perigosos os lugares que estou prestes a visitar.

Seriam kharkis, as criaturas que jantaram meus irmãos de armas? Talvez um espécime da horrenda fauna do subsolo de Gyron e Tyron, regiões onde vivem os furous? Quem sabe até mesmo um de nossos arqui-inimigos, aqueles desgraçados de olhos negros e garras de tigre? Ao mesmo tempo em que sinto medo, a adrenalina me faz seguir adiante. Já vivi situações bizarras, mas nenhuma tão desafiadora quanto essa.

Ótimo.

Disposto a enfraquecer o mistério que me cerca, crio uma soran – esfera luminosa feita da mais pura Aura – e a arremesso para além do corrimão que me acompanha. O pequeno sol anil cai e vai iluminando o negrume por muito tempo, até atingir uma superfície cimentada. Os mais de cinquenta metros que conto até lá embaixo me deixam ainda mais intrigado.

A luz da soran se extingue antes que eu chegue ao fim dos degraus. Caminho bem devagar, agora paralelo a um muro tomado por rachaduras. A tocha em minhas mãos ameaça se apagar e clareia apenas o que está a menos de dois metros de mim. O silêncio é tanto que posso ouvir meus pensamentos. Sozinho e no vácuo sideral, eles não são os melhores que já tive. Se Suriah estivesse aqui, ao menos a escuridão teria serventia.

A imagem obscena que tenho da selvagem me ajuda a relaxar, mas só um pouco. Pare de bancar o medroso, Serjan Calegheri! – grito internamente. – Você pertence ao destemido Exército Real Banshee e não pode se desestabilizar dessa forma. É um guerreiro altamente treinado. Foque-se em algo nobre, no tesouro dos humanos e com o que você irá gastá-lo, por exemplo!

Meu dorso desprotegido, no entanto, não para de tremer e um calafrio continua subindo por ele.

Pela primeira vez, penso em desistir da aventura, mas a sensata ideia desaparece assim que me deparo com uma superfície metálica no final do concreto. Ergo o braço com a tocha em punho e faço movimentos circulares para analisar melhor a estranha chapa.

Noto que é um portão imenso, pelo qual uma nave cargueira poderia passar com facilidade. É impressionante para uma foto, mas não me serve, pois está fechado. Mesmo assim, corro os olhos por ele até o final e encontro uma alavanca, na parede que volta a aparecer.

Com a curiosidade de uma criança e um sorriso no rosto, empurro-a para cima.

E tudo o que vem depois é delírio.

A cada grupo de lâmpadas que se acende dezenas de metros acima, estarreço-me com o que vejo. Quando todas se ligam, tomo ciência de onde estou. Largo a tocha, arregalo os olhos e esqueço até mesmo a comichão causado pela tanga limp.

Pela divina Aura.

É uma galeria colossal e cilíndrica, dividida em quinze andares. Inclino meu pescoço e percebo que o mais alto está no nível da entrada pela qual cheguei aqui. De onde estou, a passagem não parece ter as proporções paquidérmicas de outrora e sim a de um carrapato.

Um carrapato. É assim que me sinto naquele momento, levando em conta minha pequenez diante da majestosa base de origem humana, enterrada bem no meio da Floresta de Noah.

Muito bem, Serjan. Você alcançou um lugar onde nenhum *banshee* jamais esteve. Ao menos não um civilizado. A câmara do tesouro limp. Agora só falta o principal: encontrá-lo.

A sala mais próxima, dez passos à minha esquerda, é grande e cheia de parafernálias. Apesar de trincadas e empoeiradas, posso ver por suas janelas. É uma boa opção para começar.

Tomara que não seja a do “homem mau”.

O tempo passa como se eu tivesse doze anos e brincasse em um parque de diversões. Termino de revirar as salas cheirando a mofo de cada um dos patamares daquele centro de pesquisas militares abandonado há milênios e uma meia-lua de satisfação ornamenta meu rosto cansado.

Apesar de ter encontrado relíquias fantásticas – algumas tecnologicamente superiores a tudo que o Exército Real desenvolveu até hoje – tenho em mãos apenas um dispositivo grafite, do tamanho e forma de um besouro, e um bastão, igual ao dos vigias limps lá em cima.

Bela rajada de energia dirigida que ele tem, com seu ruído de assobio. Proporcionou-me vários minutos de diversão enquanto pulverizava mesas, cadeiras, computadores e armários com feixes de cor fúcsia. Quanta precisão e velocidade. Quanto poder! No entanto, não se compara ao "besouro". Não mesmo.

Esse faz seu detentor desaparecer e aparecer na hora que desejar, apenas pressionando um botão na sua base. Experimento mais uma vez e gargalho ao ver minhas mãos transparentes. Genial.

Lembro de Rubian Sheo dizendo que a cidade dos limps surgia apenas quando lhe era necessário e algo me ocorre. O objeto que tenho em mãos é de uso individual, mas quem garante que os selvagens não encontraram uma versão de maior alcance? É bem possível, já que suas armas vieram daqui.

Não que isso importe, na verdade, mas gosto de minha dedução. O fato é que carrego provas irrefutáveis da existência da cidade dos limps, assim como do magnificente lugar que eles escondem sob seus pés calejados. No entanto, ainda não estou satisfeito. Nem um pouco.

É certo que me deparei com artefatos surpreendentes enquanto conduzia a exploração, mas agora me pergunto se o maior tesouro deixado pelos humanos seria essas tranqueiras. Será que os desgraçados tinham tão pouca ambição assim?

Logo arrumo um contra-argumento e passo a desconfiar da existência de uma peça suprema, ou algo do tipo. Não há um centímetro da galeria que eu não tenha percorrido. Provavelmente, ainda haja outras seções além dos portões marrons que me cercam. Talvez possuam outras maravilhas. Talvez...

Espere um momento.

Olho de repente em direção ao centro da galeria e dou um tapa na testa. Como pude não perceber *aquilo*? Como, se está exatamente no meio do gigantesco cilindro de concreto onde me encontro? Será que ela já estava ali? A essa altura, não tenho certeza de mais nada.

É uma sala em forma de cogumelo, acomodada sobre uma plataforma emersa de uma grande abertura circular no chão. A única que não visitei. A mais vistosa e imponente, tão lustrosa que parece uma joia. Provavelmente, a sala do grande presente humano. Talvez, a sala do "homem..."

Paro e rio.

Suriah é louca, simples assim. Ou bem esperta. Inventou essa história de "homem mau" só para tirar uma com a minha cara, me obrigar a me mandar dali o mais rápido possível. Ela disse que gostava de mim, certo? Pois bem. Queria, com isso, que eu pegasse apenas coisas que não fariam falta para sua tribo. Assim, livraria minha cara e a dela. Quando contasse para todos o que de fato aconteceu, seu "intimidador" já estaria a quilômetros da cidade.

É isso. Suriah é esperta.

E eu mais ainda.

Pois estou prestes a ignorá-la solenemente e pôr as mãos no maior tesouro de Asíris.

Subo algumas rampas, alcanço a plataforma e paro em frente à sala-cogumelo. Como esperado, há um painel ao lado da porta. Aperto um botão e ela desliza para o lado, sem surpresas. Apesar disso, minha adrenalina atinge níveis estratosféricos e os sentidos ficam aguçados como nunca.

Decididamente o interior da sala é diferente dos outros ambientes. Não só pelo formato e tamanho, como também pelo que ele guarda. Suspensa bem atrás de uma fileira de terminais, cabos e tubos, há uma cápsula coberta pelo mesmo material translúcido e cor de âmbar que compõe a redoma do teto.

Semicerro os olhos para enxergar o que há dentro dela e, quando consigo, meu fôlego se vai. Cristalizo e me esforço para continuar em pé.

Não pode ser.

Pela glória de minha falecida tropa. Pela glória de Asíris e seus deuses relapsos e injustos.

É um rosto feminino, delicado, de perfil. Há uma menina dentro daquele invólucro! Mas isso não é o mais surpreendente.

Já falei que consigo identificar Auras? Saber sua localização, concentração e, em casos como aquele, quem é seu dono? Pois é. Foi o primeiro truque que aprendi e aquele que, agora, me leva à surpreendente conclusão de que a menina é uma humana. E está viva. Sua energia divina é bem menor que a de um *banshee* comum. Menor que a de um *banshee* moribundo. Até mesmo de um recém-nascido. Mas está lá e eu posso percebê-la.

Redemoinhos atravessam minha mente e um emaranhado de emoções conflitantes me abraça como uma dama de ferro. Quando se vão, a situação fica clara como o sol que sinto não ver há dias.

O maior tesouro deixado pelos humanos não poderia ser nada além de... um humano. Engraçado que pensei em coisas brilhantes e douradas, não poderia imaginar que...

– Identifique-se.

O susto é tamanho que, ao sair de minhas elucubrações, sinto que terminei uma jornada épica.

– Identifique-se.

A voz metalizada repete e, quando vejo seu dono surgindo detrás dos terminais desativados, penso se mais alguma coisa naquela noite pode me surpreender. O homem é somente um pouco mais alto do que eu, branco como a cal, e tem os cabelos negros escovados para trás. Na altura do peito do macacão azul colado ao seu corpo esguio, está escrito "X05".

Porém, não são esses detalhes que me deixam embasbacado, e sim seus movimentos e olhos. Os primeiros são rígidos e bizarramente sincronizados e, os segundos, tão vítreos que parecem sem vida.

E são mesmo.

O sujeito é um androide.

Mais uma sequência de perguntas vira meu cérebro do avesso. Lembro que nenhum estudo sobre os humanos aponta que eles podiam construir máquinas tão parecidas com eles próprios. É certo que as pesquisas jamais levaram em conta o que eu havia encontrado naquela base. Tampouco esse sujeito, o ápice das descobertas! Com exceção, é claro, da garota encerrada na cápsula.

Convicto como meu ex-capitão Tissat, estufo o peito e pergunto:

– Quem é essa menina?

– Não estou autorizado a dizer.

– E quem é você? O homem mau?

O robô parece ignorar a ironia contida na pergunta.

– Modelo X05, número de série 77631. Identifique-se.

– O que é esse lugar?

– Não estou autorizado a dizer. Identifique-se.

Dessa vez, falo com um sorrisinho:

– Sou aquele que vai ficar com essa menina.

– Você é um *banshee*. Só sendo muito corajoso ou estúpido para um *banshee* vir aqui. De qualquer forma, peço que saia.

– Quem foi o engraçadinho que programou você para dizer isso?

– Esse é meu último aviso.

– Não sairei sem a menina. E quer sa...

Mais rápido que meus olhos.

Assim é o salto que o sujeito dá em minha direção e o soco que desfere em minha face, me obrigando a beijar o chão. Não gosto da intimidade repentina e, em revide, cuspo um bocado de sangue na superfície.

Em seguida, vejo X05 me erguer como se eu fosse isopor e me arremessar para além da plataforma que abriga a sala. Durante o voo, o bastão a laser escapa de minhas mãos e eu grito sem pudores.

Rolo por vários metros e, assim que paro, sinto que meu maxilar está deslocado e o braço direito fraturado. Não consigo me levantar, pois meu quadril, tornozelos e pés também doem bastante.

Jamais subestime seu inimigo, muito menos ria da cara dele, diria o velho Tissat. Eu fiz as duas coisas.

Assim que vejo X05 dar mais um salto e pousar entre minhas pernas, noto que estou prestes a saber até onde ele pode chegar para proteger a humana.

O quanto ele pode ser mau.

Sem forças para realizar uma única técnica, fecho os olhos. É o fim de uma caçada insana.

Ou quase.

Lembro do "besouro da invisibilidade" em minhas mãos e o aperto, enquanto rolo depressa para o lado. O soco do androide passa a centímetros da minha cabeça e afunda o chão. Ele se ergue e, enquanto tenta me localizar, aproveito para caminhar trôpego até a arma que me escapou.

Empunho o bastão e o bombardeio com seguidas rajadas, fazendo seu corpo tremer e cambalear para trás. Incrivelmente, ele aguenta o tranco sem ser pulverizado. Quando vejo seu esqueleto metálico refletir a luz ambiente de maneira graciosa, entendo como ele consegue essa proeza.

O autômato psicopata é feito de prima, minério raro encontrado nos polos de Asíris, usado para blindar grande parte das unidades do Exército Real e três vezes mais resistente que o diamante.

O safado também tem seus truques.

O que não significa que sejam melhores que os meus.

Giro uma pequena alavanca no bastão e miro nele ainda mais concentrado. Quando X05 avança contra mim, disparo não apenas um feixe, e sim uma grande esfera fúcsia em sua direção. É tão linda que parece uma shinya-hashiki, técnica utilizada apenas pelos koguns mais poderosos.

Com o impacto, o androide é lançado em direção à plataforma que suporta a sala-cogumelo e despenca no vão pelo qual ela emerge. Após um teste, descarto o bastão inoperante devido à sobrecarga que provoquei e me encaminho o mais rápido possível em direção à escadaria pela qual cheguei aqui. O que não é muito mais rápido do que um pato manco.

Quando chego ao topo da escadaria, vejo X05 sair das profundezas e saltar no pináculo da sala-cogumelo, depois ir para o terceiro e quarto andares da galeria. Enquanto começa a escalar os demais tão habilmente quanto um macaco-prego, adentro, enfim, a caverna rumo à superfície.

Escalo depressa o barranco do qual despenquei – é incrível como a Aura nos protege em situações extremas – e não tardo a ouvir o som de metal se chocando contra a massa sólida que me rodeia. Ele está a poucos metros e se aproxima depressa. Admito que jamais senti tanto pavor.

Uma pequena eternidade depois, subo os degraus moldados na rocha abaixo da mandala e vejo as estrelas. As luas, Calisto e Giamate, no entanto, parecem também estar com medo, pois se escondem entre as nuvens.

Assim que saio da caverna, levo um susto com o cordão de guerreiros limps que me aguarda. No centro, ao lado de Suriah, há um sujeito que, ao julgar pela elevada quantidade de tatuagens e folhas na cabeça, é o sasokim. Quando me vê, ele gesticula para seus subordinados. O que está mais distante me espera atingir uma distância segura e aciona o interruptor guardado entre seus dedos.

Uma explosão ocorre bem atrás de mim e, devido ao deslocamento de ar, sou arremessado vários metros em direção ao fim da clareira. A fricção da minha carcaça comprometida contra o solo abre mais feridas na pele. Quando estaciono, minha boca está cheia de grama, e eu, de alívio.

Vejo os limps encarando os escombros da caverna e não demoro a entender o que eles fizeram. Depois da primeira carnificina causada por X05 em sua cidade, os selvagens aprenderam algumas lições.

A primeira delas: X05 era programado para assassinar qualquer banshee que invadisse a sala abrigando a misteriosa criança humana e que o alcance dos sensores que ele possuía para esse fim restringia-se ao limite daquele mesmo espaço.

Daí a regra dita por Suriah.

A segunda: caso o robô tentasse sair, aumentando sua percepção e se tornando capaz de localizar alvos na superfície, medidas de precaução precisariam ser tomadas.

Daí os explosivos na mandala.

Para os limps, a providência valeria a pena, pois a segurança de sua cidade estava acima de tudo. Por mais que isso significasse o fim de uma exploração secular e a interdição permanente de uma fonte de artefatos extraordinários que auxiliavam na manutenção de sua cidade. Não obstante, haviam selado um portal para um passado tecnologicamente superior que há tempos fazia parte da tradição daquela tribo e a moldava de forma singular.

E o pior de tudo é que o culpado era eu. Justamente por saber disso, não me parecem estranhos os incontáveis olhares direcionados a mim. São amargos e assustadores, mas não me sensibilizam. Afinal, os selvagens queriam sugar a minha Aura, não queriam?

Ou não exatamente?

Estou zonzo, amolecido e ouço o rufar de tambores e gritos. Amarrado em um tronco no centro de um anfiteatro, vejo Suriah surgir no meio da multidão que me cerca. Quando se aproxima de mim, dessa vez, não a deixo falar. Preciso de respostas. Confirmações, na verdade. No entanto, o que me sai primeiro é um desabafo:

– Você é, realmente, uma maldita.

Ela me estapeia com vontade, como se eu já não estivesse moribundo o suficiente.

– Seu forasteiro idiota! Você estragou tudo!

– Eu?

– Você podia tê-lo derrotado!

Dou um sorrisinho. Meu palpite estava certo.

– Você sabia que eu não partiria sem encontrar o "maior presente deixado pelos humanos". Você não me levou lá embaixo porque eu pedi.

– Te levei até o "homem mau" por você ser o kogun mais poderoso que capturamos nos últimos três séculos. Era para você ter se saído melhor do que os outros! Mas você foi covarde. Preferiu usar sua Aura para fugir!

Não é mais da ingenuidade de Suriah que acho graça, e sim de seu cinismo. Pergunto só por curiosidade:

– Por que você, simplesmente, não me pediu para enfrentá-lo? Teria sido mais fácil. E menos cretino.

– É óbvio, você relutaria. Poderia acabar ferido, no mínimo esgotaria suas forças. Isso já aconteceu com muitos, não poderia acontecer com você. Meu pai sabia disso. Foi por isso que me pediu para convencê-lo.

– Enganar, você quer dizer.

Suriah balança a cabeça, desapontada. Eu a deixo ainda mais:

– Bem, desculpe por ter falhado com seu plano idiota e feito vocês fecharem seu parque de diversões. Não foi minha intenção. O que não quer dizer que eu não esteja feliz, é claro.

Enrubescida, a selvagem me fuzila com olhos – que de hipnotizantes não tem mais nada – como se ainda guardasse milhares de coisas para dizer. Contudo, ela se contém e apenas me dá as costas, com uma breve despedida:

– Adeus, forasteiro.

Ela anda até o sasokim, que a abraça e acena. Em poucos segundos, surge um velho de olhos brancos, aparentando ter séculos de idade. Ele se aproxima do meu rosto e mexe a cabeça de forma aleatória. Seus sussurros se misturam à euforia da multidão que assiste a aurora do ritual de sacrifício.

Drenagem de Aura de forasteiros, conforme relatara Rubian Sheo. Minha situação não mudou muito, afinal.

Doeria? – pergunto-me mais indolente que um bêbado sem lar, já que estou completamente anestesiado. Antes que possa agradecer aos limps por tamanha benevolência, o velho encosta o indicador em minha fronte e me faz perceber que eles têm, na verdade, um plano bem cruel para mim.

Como dói. A anestesia era só um recurso para me relaxar antes do início da extração, o que facilitaria o trabalho do aspirador de pó senil. Como pude ser tão idiota e pensar que, depois do que fiz, os limps me agraciariam com uma morte rápida?

O velho começa a pressionar minha testa com mais força e proferir suas palavras com tanta celeridade que elas tropeçam umas nas outras. Sinto, assim, a energia divina partindo das extremidades do meu corpo e se dirigindo à cabeça com mais rapidez. A partir daí, ela é canalizada na mão do meu algoz.

Nem a chuva fina que tenta me purificar me alenta. Meu único consolo, incrivelmente, é fitar Suriah. É uma maldita traidora, mas também é o que há de mais belo há ao meu redor. E isso me basta.

Reparo em suas coxas.

Tarde demais.

Tarde demais para pensar em besteiras ou salvação. Tarde demais para me arrepender de não ter fugido quando tive chance.

O dedo do velho está prestes a penetrar minha pele e me sugar as últimas forças. Meus olhos reviram e sou tomado por espasmos. Segundos antes de me comungar, no princípio e fim do Universo, com os Deuses e a raça que dominou Asíris, relembro Dewan Di.

"A dor aleija a razão. A ganância a destrói".

O Rei-Máquina — Ana Cristina Rodrigues

O céu de inverno na Cidade Sem Nome é completamente igual ao de verão. Íbis sente falta do tempo em que circulava pelo mundo e podia ver o Sol. Sente saudade de estar em algum lugar e de servir a um senhor. No momento, Íbis está em nenhum lugar e não serve a ninguém.

Desavisados podem considerar que Íbis deveria estar feliz por ter conquistado a sua liberdade. Que é um absurdo lamentar estar livre de grilhões. Por isso são desavisados e provavelmente não sentem as correntes presas aos seus próprios tornozelos.

Não chove, como geralmente não chove na Cidade Sem Nome. A umidade fica no ar como um manto denso, pesado, desanimador. O couro das asas de Íbis está enrugado há semanas e pesa uma tonelada. Não que ele pudesse voar se quisesse, já que elas morreram assim que entrou ali. Mas até andar se torna difícil.

– Tem dinheiro, velho?

Ele nem olha. São todos iguais. Miúdos, pequenos olhos redondos e negros, focinho comprido coberto de pelos cinza, vestidos em andrajos e sempre em grupos. São parasitas e carniceiros e sempre rondam a procura das sobras de alguém

– ou de alguém que sobre. Continua a caminhar, sem sequer sentir calor ou frio. A porta do seu destino lhe é bem familiar. A Central de Realocação tem sido sua única e última esperança nos cincos anos que passara na Cidade Sem Nome. Tudo o que ele precisa é um serviço, ter alguém a quem servir e obedecer – precisa cumprir sua missão e finalmente descansar.

Passa pela entrada do edifício com passos que se arrastam e ecoam em paredes intermináveis. No sofá da recepção, encontra a mesma pessoa que está sempre lá. A moça de olhos sem vida e cabelo curto o cumprimenta com um aceno de cabeça. Clio também está esperando uma nova chance, vida nova ou pelo menos a velha morte. Não sabe o crime dela, assim como ninguém sabe de sua vergonha. Não precisam disso para saber que são soldados e companheiros de infortúnio.

Queria não ter que fazer, não precisar todos os dias caminhar pela Cidade Sem Nome até o único dos edifícios públicos em que pode entrar. Mas tinha, era sua obrigação, seu carma, seu destino e seu castigo. Foi até o mesmo balcão dos dias anteriores.

– Olá, Íbis.

– Apareceu algo para mim, Nemain?

Odeia ir lá e odeia perguntar isso. Odeia o ambiente da Central. Paredes verdes que parecem ter sido pintadas ontem, imaculados móveis brancos, quadros de paisagens pacíficas e sonolentas. Cheiro de eucalipto e menta no ar e um silêncio tranquilizador. Os mesmos desavisados também podem dizer que é um ambiente extremamente agradável e que Íbis deveria ficar contente por estar sendo atendido lá.

E novamente digo que por isso são desavisados e não fazem a menor questão de ver as situações pelos olhos dos outros.

Pois Íbis não é como nós.

– Nada ainda. Você sabe como é difícil.

Cinco anos de respostas iguais. Cinco anos em que ele volta para o buraco onde dorme e espera uma resposta diferente no amanhã que nunca chegou. Já não sabe se viveu cinco anos ou se só viveu um dia, repetido a exaustão.

A atendente olha com a mesma expressão falsa de condolência. Pelos olhos verdes, ele sempre pode ver que, na verdade, a morrigan o despreza e gosta da ideia de vê-lo assim, no fundo do poço.

– Volte amanhã, querido. Quem sabe não é seu dia de sorte?

As mesmas palavras. Ele está quase dando o mesmo suspiro de desalento quando outras duas pessoas entram na sala de atendimento.

– Ora, se não é o Íbis. Ainda não desistiu de ser relocado?

– Macha, não devemos implicar com os exilados. Nemain, venha aqui e traga a pasta do Íbis. E você, aguarde.

Apesar de serem as atendentes, as morrigans são também a força que mantém a Cidade Sem Nome. Servidoras e senhoras daqueles que não tem lugar no resto do vasto, tão vasto mundo. Logo, Íbis faz o que lhe foi pedido e espera.

Quatro longas horas olhando para o verde e aspirando menta com eucalipto. Ele não perde a paciência ou fica ansioso. Só faz o que foi ordenado, o mais perto de servir a alguém que ele consegue na sua atual situação.

Quando as morrigans voltam, a aparência delas é bem diferente. Já não estão parecendo atendentes de *callcenter*. Para surpresa de Íbis, vêm prontas para a guerra, cada um de seu jeito. Macha traz duas espadas e um elmo dourado, o cabelo loiro preso em duas tranças, armadura de couro cobrindo o tronco. Dá razão a quem diz que ela era uma valquíria que assumiu o papel da morrigan mais agressiva quando esta morreu em batalha. Nemain está coberta de sangue, o corpo nu e olhos despidos de razão. Badb esvoaça ao redor das irmãs-contraparte, um corvo imenso.

Macha encaminha-se para Íbis.

– Você queria ser realocado, não é? Tem a sua chance. Venha.

E novamente o velho homem-morcego faz o que lhe é pedido e segue as senhoras da guerra.

O silêncio cercou os quatro enquanto andavam. Embrenhados na Cidade Sem Nome, atravessarem becos desabitados, ruas sem vida, avenidas desoladas. Ratos, gatos e outras pragas urbanas sumiam de seu caminho muito antes de sua passagem. Ninguém quer encontrar as morrigans separadas, o que dirá as três juntas, em armas de guerra, preparadas para matar e morrer. Íbis as seguia cegamente, sabendo que cedo ou tarde viria o momento de servi-las.

O ar pesava ao redor deles, na eletricidade suspensa da tempestade que sempre se anunciava, sem jamais chegar. Os relâmpagos que brilhavam no céu turvo não eram um prenúncio de chuva, mas apenas o raio que cortava a visão de todos os exilados na Cidade Sem Nome. Dia e Noite, sem jamais mudar. Afinal, exílio não é recompensa. E Íbis sabia disso, pois conhecia as regras que faziam a Terra das Ilusões Perdidas funcionar. Regras pelas quais vivera e pelas quais se recusara a morrer, como deveria ter sido.

As ruas sempre cinzentas, sempre no limiar de algo que nunca acontecia, de um momento que jamais chegava, costumavam estar cheias, movimentadas. Porém, só se ouvia o ressoar dos pés pesados das duas morrigans, o arrastar dos passos do homem-morcego e o bater de asas do corvo.

Já haviam deixado os muros altos da Cidade para trás. Íbis voltou-se para olhar o centro urbano em que morara pelos últimos cinco séculos. Sentiu uma ponta de esperança de que talvez jamais voltasse ali, que fosse a última vez que soubera da existência da Cidade Sem Nome e de seus habitantes.

Era uma cidade feia, de aparência agressiva, que parecia querer ferir a paisagem ao seu redor. Lugar tão desesperador quanto o estado mental de quem lá vivia. Não poderia haver um ponto em todo aquele mundo estranho e perdido mais diferente de Shangri-lá, a Cidade dos Sonhos, a terra em que Íbis nascera.

O reino que ele traíra.

Cinco anos em um lugar como a Cidade Sem Nome deveria ter apagado as cores, sons e sabores da sua memória. Suas lembranças deveriam ser tão cinzas quanto o ambiente que se tornara seu pouso durante aqueles anos que se repetiram como dias.

Shangri-lá ainda vivia em suas veias, mesmo depois de ter morrido por sua covardia. O maior entre os homens-morcegos, o capitão da Guarda, o protetor do Reino. Abandonara seu posto, traíra seu rei, desapontara seu povo. Na batalha final entre os Seres Homens e as Grandes Feras, Íbis esquecera-se de tudo que fora ensinado.

Não estava na torre de vigia quando as traiçoeiras criaturas se aproximaram das muralhas. Estava longe, perdido na luxúria e na corrupção.

Por isso, quando Shangri-lá voltava a viver dentro dele, não era como a Maravilha que havia sido. As cores que ainda queimavam seus olhos eram as das explosões que derrubaram o castelo, os sons que estouravam seus tímpanos eram os gritos de socorro de seus compatriotas.

O sabor de sangue que enchia a boca era o dos lábios partidos pelo soco de seu rei, que usara as ultimas forças para punir seu antigo preferido.

Macha o interrompeu, parando de caminhar.

– Chegamos, Íbis. Pronto?

Ele estava no meio de um descampado cercado de desolação por todos os lados. Aos seus pés, cascalhos se espalhavam em uma configuração caótica. Badb esvoaçava impossivelmente, olhos soturnos e asas partidas, e Nemain simplesmente murmurava uma canção de guerra numa língua que jamais existiria.

Como achou que era inútil responder, apenas esperou. Não por muito tempo, pois a cantiga torta de Nemain e o voo igualmente desigual de Badb acordaram algo que estava adormecido naquela terra escura.

O vento levantou-se, vindo de Lugar Algum. Um leve tremor parecia se espalhar, como um terremoto. Mas era só Íbis que tremia. Finalmente viu nos olhos das Três algo parecido com compaixão. Ficou com medo e mesmo assim não gritou, não pediu que parassem.

– O Pacto que se firma agora é a chave para a sua liberdade da Cidade Sem Nome, Íbis. Preste atenção. Você terá que salvar o rei do Castelo de Ferro, na Cidade de Lata. Se conseguir, será seu servidor e jamais terá que retornar.

Antes que ele pudesse perguntar, Nemain respondeu.

– Não pense em falhar. Há lugares ainda piores na Terra das Ilusões Perdidas, traidor de Shangri-lá

O clarão quase o cegou.

Quando seus olhos voltaram a obedecer, estava cercado por metal. Só via paredes de ferro ao seu redor, sufocando-o. Não havia portas, janelas, aberturas, um pequeno furo que fosse. Homens-morcegos eram criaturas do Céu e do Ar, sentiam-se mal em ambientes tão fechados. E as Três sabiam disso, não havia fraqueza dos seus tutelados que não conhecessem.

A única saída ficava no alto, metros e metros acima de onde Íbis estava. Uma abertura estreita que mostrava o céu acinzentado. Ele sempre fora magro e cinco anos de exílio não o tinham engordado, passaria ali sem problemas. Só precisava alcançá-la.

Tornou a examinar as paredes e continuou não encontrando falhas. Sem escadas, fissuras, reentrâncias, emendas ou quaisquer imperfeições. Paredes completamente lisas, perfeitas. A única forma de alcançar a abertura era voando.

Seria cômico. Mas era irônico.

Sentindo todo aquele ferro pesando em cima de si mesmo, Íbis começou a se debater. Esmurrou o metal frio, arrepios percorrendo sua espinha torta com o som que reverberava. Sozinho, assustado e sem rumo, não lhe restava muito que fazer, senão entregar-se ao quase prazer do desespero total.

Passou horas assim e a luz que se filtrava pela abertura ia diminuindo sensivelmente, marcando a chegada da noite. As mãos do ser com asas de morcego e de coração vazio pingavam sangue, grosso e escuro.

Pensou nas Três e no seu exílio. Merecia a penitência da Cidade Sem Nome, jamais negara isso. Aceitou seu castigo, arrependeu-se de seu erro todos as milhões de vezes que fora possível, jamais tentara fugir ou quebrar as regras da Cidade Sem Nome. Fora obediente, servil e subalterno, aceitara o que viera sem reclamar. Não tinha motivo para nenhuma punição extra.

Não adiantava questionar os motivos das Três Morrigans, Senhoras da Guerra, responsáveis por punir e premiar soldados de acordo com seu mérito.

Talvez fosse apenas um teste e ele voltou a dar atenção ao seu ambiente. Se o diabo mora nos detalhes, seu quarto fica no menor deles. Apertou o nariz no metal que começava a esfriar. Começou a observar de perto a sua nova prisão. Não conseguiu perceber emendas nas paredes. Era como se fossem compostas por uma única e gigantesca chapa de metal, estendendo-se por metros e metros do chão escuro ao céu cinza chumbo. A noite já caíra e a escuridão tomara conta do mundo. Íbis já não tinha mais forças sequer para manter--se de pé.

Desolado. Desgostoso. Desconcertado.

Angustiado. Anestesiado. Aniquilado.

Desistiu de desvendar o devaneio destrutivo das deusas.

Malditas carcereiras que o enganaram.

As pernas finas cederam com o peso do corpo magro e ele finalmente se rendeu ao cansaço e a dor. Caiu de joelhos no centro do cercado de metal, os punhos sangrando no chão gelado. Deitou em cima do próprio sangue, torcendo para não acordar mais.

O líquido aumentou o cheiro metálico que o rodeava. O chão começou a vibrar, soando como se fosse um gigantesco sino. Em pouco tempo, a vibração aumentou e as dores na carne enfraquecida do soldado pulsavam no mesmo ritmo, um diapasão humano.

A harmonia de metal e matéria orgânica foi quebrada pelos urros de dor de Íbis que não se sentia parte daquela estranha sinfonia. Acompanhando sua participação destoante, um rangido se fez ouvir, mais alto do que tudo.

O homem-morcego conseguiu erguer a cabeça o suficiente para ver uma rachadura que começava a surgir na antes perfeita superfície de metal. Uma luminosidade cinza, apenas um pouco mais reveladora que a luz que caía pela abertura, inundou o pequeno ambiente.

Íbis realmente se esforçou para ir naquela direção. Quando não conseguiu sequer se erguer, arrastou-se, rasgando pele, roupa e alma. O resultado foi apenas um pouco melhor, pois conseguiu ficar centímetros mais próximo da porta, antes de perder completamente os sentidos.

Quando voltou a si, já era de manhã – ou o mais próximo que aquele lugar tinha disso. Olhou ao seu redor e viu que a abertura continuava lá, do jeito que se lembrava.

Tentou levantar, dessa vez com sucesso. O sangue secou nas suas roupas, deixando-o coberto por uma camada do que parecia ser ferrugem. Pelo menos, cheirava igual a um autômato enferrujado.

Passos vacilantes o levaram através do portal. As dores ainda perduravam, a pele ardia e o cheiro de sangue seco o faria vomitar se ele tivesse algo no estômago.

Por trás das chapas, existia uma metrópole igualmente cinzenta e metálica. Não havia casas nem lojas nem prédios como em Shangri-lá ou na Cidade Sem Nome. Eram galpões baixos, feitos de diversos metais que brilhavam a luz pálida de um sol invernal.

O silêncio permeava o lugar completamente. Nem o vento sussurrava por ali. Íbis olhou e procurou, mas não viu ninguém nem nada se mover. Estava sozinho nas ruas de estanho.

Quando as forças faltaram, escorou-se em uma parede de cobre. Para sua grande surpresa, a superfície afundou, revelando o interior de um daqueles galpões. A luz vinha de nichos nas paredes e revelava uma cena completamente alienígena para o homem-morcego. Viu vultos indistintos empilhados no chão por todo o lugar. Eram formas humanoides – quatro membros, uma cabeça e um tronco – de forma geral, mas alguns estavam incompletos. Não havia sangue ou vísceras, nem sinal de moscas, larvas ou outros frutos da decomposição. Só sentia um forte cheiro metálico.

Aos poucos, os olhos míopes acostumaram-se aquela meia-luz e ele pôde olhar com atenção. Os cadáveres não eram orgânicos, por isso a ausência da podridão que acompanha a morte. Também eram feitos de metal, como o resto da cidade.

Alguns de cobre, outros de estanho, zinco, ferro, chumbo, antimônio e outras ligas que ele nunca vira. Formatos diferentes, esguios e redondos, pequenos e grandes, largos e estreitos.

A única coisa em comum, além da morte e do metal, era o fato de todos estarem completamente enferrujados. Íbis aproximou-se de um e nem conseguiu distinguir um rosto embaixo da camada esverdeada que o cobria. Vasculhou todo o ambiente, contou 476 corpos e não encontrou um sobrevivente.

A manhã daquele dia foi gasta em repetições daquele primeiro ambiente. Ele encontrava a entrada dos galpões e os investigava minuciosamente, sempre com o mesmo resultado desolador. Não encontrou uma alma viva ou morta, um ser inferior que fosse. Nada de ratos, borboletas ou moscas.

Quando o sol fraco encontrava-se a pino, chegou ao centro da Cidade de Lata. Uma construção imensa reluzia, com paredes de prata, ouro e platina, ricamente entalhada com símbolos ao mesmo tempo magníficos, aterradores e desconhecidos. No topo daquele palácio, uma estátua dourada brilhava mais do que tudo ao seu redor. Fascinado, Íbis resolveu vê-la de perto. Afinal, sua missão não estava clara e não havia muito mais que pudesse fazer além de andar por ali, tentando descobrir uma pista.

O alto da Torre Dourada seria um lugar tão bom quanto qualquer outro.

Alcançar o topo levou toda a tarde. Ao contrário dos galpões, a torre não tinha uma entrada nas suas paredes e ele precisou ir se pendurando por entalhes e defeitos. Feriu a mão em muitos lugares, o vento levantava uma poeira ferruginosa que entrava nos olhos e o irritava.

Ele podia ter desistido e a ideia passou por sua cabeça algumas vezes. A subida era longa e difícil, nada o esperava lá em cima. Mas também não havia nada no solo. Entre a falta de opções, escolheu a mais difícil. Por isso, continuou.

O sol fraco estava se pondo sobre telhados de zinco e ferro. A visão até seria bonita não fosse tão melancólica e vazia. Preferiu então observar a estátua, afinal tinha subido até ali por ela. Era de ouro e detalhes em prata, representando um ser humano masculino com barbas e rosto envelhecido. A riqueza de detalhes era tão impressionante que Íbis lembrou-se das lendas que ouvira sobre os bichos-homem, que torturavam seus inimigos de várias formas depois de capturados. Uma delas era justamente derramando metal neles, tornando-os estátuas distorcidas. Ali, era como se o artista tivesse conseguido jogar o metal quente em cima da carne sem a derreter.

Tão nítida era a impressão de vida que Íbis pensou ter visto movimento em seus olhos. Aproximou-se, intrigado, e quase soltou um grito de dor quando sentiu uma mão quente e dura apertar seu pulso com força.

– Quem é você? Veio tentar arrancar um pedaço de mim também?

Ele não ficou surpreso com o fato de uma estátua viva agarrar o seu braço. Preferiu se prender em outro ponto daquela situação.

– Também?

Sem largá-lo, o ser de ouro apontou para baixo, na direção oposta da que Íbis viera. Olhando para o chão, o homem-morcego pode ver pequenos pontos brancos espalhados pelo chão. Ossos.

– Não.

– Então, veio para ajudar aqueles demônios a terminarem seu serviço? Veio me matar, já que eles não conseguem?

– Do que você está falando? Que demônios?

O homem metálico fez sinal de silêncio e levou uma das mãos ao ouvido. Íbis respeitou o pedido e também se calou. No começo, só conseguiu ouvir o murmúrio leve do vento, mas aos poucos percebeu outro som por baixo. Era bem sutil, quase imperceptível, mas estava lá. Um ruído de decadência e corrosão, algo que aos poucos devorava tudo o que havia na Cidade de Lata. A pressão sobre o seu pulso cedeu.

– Você ouviu também, não foi? Eles estão por toda a parte. Espalham-se no ar, roem as paredes, destroem tudo e todos. Eles me odeiam, odeiam!

Os gestos dele eram lentos, como se todo o ouro pesasse mais do que ele mesmo podia aguentar. Íbis pensou se valeria a pena contar sua história, ou pelo menos a parte em que era deixado pelas Três na porta daquela cidade, mas não parecia uma boa ideia.

– Quem são eles?

Os olhos eram de prata e se arregalaram ao responder.

– Os demônios de água! A culpa é minha, eu os trouxe aqui. Eu queria ter mais poder e meus colegas se negaram a trabalhar mais. Então, eu os tranquei e consegui demônios de água. A Cidade passou a ser toda movida a vapor. Tornei-me mais poderoso, o Senhor de Todos Os Autômatos, O Rei-Máquina! Eles me banharam em ouro e construíram uma torre em ouro e prata só para mim!

Se fosse possível ver loucura em olhos de metal, Íbis tinha certeza de que o Rei-Máquina teria o olhar mais insano que jamais vira. Mas o homem dourado permanecia com as feições impassíveis, como se estivesse simplesmente falando sobre o tempo.

Então era esse o motivo de estar ali? Aquele louco? Mas quem era ele, um traidor exilado de uma Cidade que não existia mais, para julgar a sanidade alheia?

– A torre tem uma bela vista da Cidade...

– Deve ser. Eles me cegaram quando me cobriram... eles me aprisionaram aqui e tomaram a Cidade, só para destruí-la. Duzentos anos sem enxergar e escutando a lenta destruição do meu lar, a morte dos meus antigos companheiros que eu mesmo aprisionei e condenei. Ai de mim, que fui Rei e agora sou prisioneiro.

O sol já sumira e o mundo ganhou uma tonalidade cinzenta na noite sem lua.

– E o que você quer?

– Deixar isso aqui e partir. Parar de escutar o som do metal morrendo. Largar meu trono de ouro e prata, sair da minha prisão, morrer livre, mesmo preso na carcaça que criaram para mim.

Íbis não tinha como saber o que suas carcereiras queriam dele naquele lugar. Não sabia qual era sua missão ou seu objetivo. Só podia seguir a si mesmo e isso chegava a doer em sua alma. Era de uma raça de soldados, nascera para obedecer, não para pensar sozinho. A única vez em que tomara uma decisão, traíra seu povo. Podia ficar ali, indefinidamente, até as morrigans darem um sinal ou morrer de inanição.

E se fizesse algo que contrariasse a vontade das Três?

Pensou longamente e tomou a decisão. Não tinha medo de desagradar Macha, Badb e Nemain. Nada do que elas fizessem para puni-lo era pior do que a sua punição cotidiana.

– Eu vou tirá-lo daqui.

– E quem é você?

– Já fui soldado e servi a um rei, que morreu sem herdeiros – não era mentira, já que tinham matado os jovens príncipes antes.

O Rei-Máquina não discutiu ou suspeitou. Começou então a parte mais difícil do plano de Íbis, tirá-lo dali. Aproximou-se e tentou erguê-lo, sem sucesso.

– Como o trouxeram para cima?

– Você está preocupado com isso? Jogue-me torre abaixo, infeliz. A queda não vai me matar, infelizmente.

Mesmo assim, foi difícil. Íbis empurrou e empurrou, machucando o ombro. A aurora já tingia o céu quando finalmente o Rei-Máquina foi abaixo, o som de metal reverberando em toda Cidade.

Íbis desceu, correndo e escorregando, abrindo novas feridas e reforçando as antigas. No solo, encontrou seu novo rei caído, mas inteiro. A cobertura dourada, antes impecável, agora estava amassada em vários lugares. Nada quebrado ou torcido.

– Você está bem?

– Sim, mas vamos rápido! Os demônios vão nos ouvir e vir atrás de nós! Eles não querem que eu vá embora.

O homem-morcego apurou os ouvidos e percebeu que o barulho de metal sendo corroído tinha parado. Talvez a loucura do governante da Cidade de Lata fosse contagiosa, mas ele podia ouvir um murmúrio zangado.

Não precisava correr riscos e ajudou o Rei-Máquina a levantar. Ele era pesado, o corpo lento por causa de todo aquele ouro e prata. Precisou de toda a força dos dois para colocá-lo em pé.

– Tem algum lugar para onde possamos ir?

– A Cidade tem apenas duas portas. Uma só pode ser aberta com sangue...

– Foi por onde entrei.

– E a outra só pode ser aberta por mim. Antes, não era desse jeito, mas quando capturei os demônios, fiquei com medo que os quisessem roubar. Por isso, mandei que construíssem as muralhas.

O murmúrio se aproximava, agora parecendo um pequeno riacho turbulento.

– Para onde fica a porta?

– A porta do Rei fica na direção do nascer do sol.

Puseram-se a caminho, mas a cidade era grande e o rei, lento. Demorariam o dia inteiro para chegar à saída. E o som dos pequenos demônios de água agora vinha de todos os lados, não demoraria para estarem cercados.

Íbis não tinha medo da morte ou mesmo de torturas, mas tinha assumido um compromisso com o Rei-Máquina e iria cumpri-lo.

Enquanto o autômato caminhava, batendo os pés no chão e causando um eco metálico irritante, Íbis pensava. Nunca ouvira falar de demônios de água, não tinha ideia de como fazer para derrotá-los ou distraí-los. O ruído da corrosão aumentava e ao longe conseguia distinguir estrondos metálicos.

Demorou alguns segundos para que o Rei falasse.

– Eles estão derrubando a Cidade para me prender aqui. Ah, eu sabia. O maldito mago que os vendeu avisou que eram vingativos...

– Você os comprou? Como?

Os passos continuavam ecoando, sem encobrir o murmúrio.

– Um mago itinerante veio com um imenso bloco de gelo com mais de mil deles. Deu as recomendações, mandou que os mantivesse congelados sempre que não estivessem trabalhando e que jamais tirasse o medalhão que os controlava.

– E você o tirou – nem perdeu tempo perguntando.

– Não queria estragá-lo quando me cobrissem de ouro.

Prova de que os demônios eram argutos. Não que o Rei da Cidade de Lata parecesse muito brilhante e difícil de enganar.

– Tem alguma maneira de congelá-los novamente?

– Se você conseguir pegar o equipamento nas celas que mandei fazer para eles, sim. Será que eles aceitariam? Parecem inteligentes demais para isso. São terríveis, terríveis, lembro que uma vez dissolveram um dos meus antigos companheiros na minha frente.

O matraquear incessante e o som dos passos do autômato recoberto de ouro estavam irritando profundamente Íbis. Sabia que podia deixá-lo para trás a qualquer instante. Os demônios de água não o queriam, não tinham nada contra ele.

Só que uma parte sua ainda lembrava como era servir. Como era esquecer de si mesmo, de suas emoções e seus quereres, para se tornar uma criatura do seu rei e senhor. Respirou fundo e voltou àquele estágio de servidão onde realmente conseguia se entender.

Precisava tirar o seu senhor dali, para isso precisava retardar os demônios. Se o Rei dizia que as celas eram a saída para aprisionar aquelas criaturas, era isso que iria usar.

– Senhor, onde ficam as celas?

O Rei apontou para a esquerda e naquela direção Íbis pôde ver um galpão diferente dos outros. Parecia mais novo, melhor conservado.

– O senhor continue na direção da porta. Eu irei até lá.

Não gostava da ideia de se separarem, mas era a única chance de tirá-lo dali. Os demônios estavam preparando um ataque ao Rei, talvez nem o tivessem percebido ou não o consideravam um alvo. Precisava arriscar.

Correu como nunca, tentando não fazer barulho e alarmar os inimigos. O seu objetivo não estava muito longe e talvez desse tempo. Ao entrar no galpão, a falta de luz o cegou por um instante. A raça de Íbis tinha várias semelhanças com morcegos, mas não possuíam os sonares que aqueles animais usavam para se locomover na escuridão. Precisou de um tempo para se acostumar – a espera talvez custasse a vida do Rei, mas só podia rezar para quaisquer deuses que o ouvissem.

O lugar era amplo, como os outros em que entrara. A diferença eram os cubículos quadrados nas paredes, revestidos por um material diferente. A temperatura era muito mais baixa do que do lado de fora e os pelos marrons que cobriam Íbis se arrepiaram. Não demorou a achar os dispositivos de congelamento, uma estrutura metálica com rodas e dois cilindros presos a um tubo comprido.

Saiu empurrando aquilo, os rangidos preenchendo a manhã pálida. Mas o lamento das rodas sem uso não era suficiente para abafar os murmúrios zangados, agora equivalentes a um rio correndo entre pedras e corredeiras. Por sorte, não demorou a encontrar seu novo Rei.

Por azar, ele tinha avançado muito pouco e os seus inimigos o estavam alcançando. Pela primeira vez, Íbis se defrontava com os demônios que corroíam a Cidade de Lata. Era como se a chuva de uma grande tempestade tivesse ganhado vida e borbulhasse. Cada gota era um ser minúsculo que se debatia e rugia. Sozinhos, seriam ridículos. Juntos, fizeram o sangue do homem-morcego gelar.

E eram muitos, unidos em uma única onda gigantesca que se aproximava por trás do brilho dourado que era a pele do Rei sob a luz do sol. Íbis não achava que seria capaz de detê-los apenas com o equipamento que arranjara, mas tinha que tentar. Correu ainda mais, até ficar imediatamente atrás do rei que devia proteger.

Em segundos, traçou uma estratégia que podia falhar, mas era a sua melhor chance. Apontou o tubo na direção da onda e destravou os dois cilindros. Um jato de um gás esbranquiçado se espalhou e congelou a parte da frente da onda. Mais demônios surgiram, passando por cima dos seus companheiros congelados e Íbis ergueu sua arma, paralisando aquela nova leva de criaturas. A situação repetiu-se por três vezes, até que a parede feita pelos demônios estava alta demais para as criaturas conseguirem ultrapassar.

Foi na hora certa, pois os cilindros estavam vazios e o gás parara de sair. O murmúrio continuava, afastando-se. Íbis sabia que eles estavam apenas procurando uma passagem e em breve estariam ali. Podia ouvir metal batendo contra metal, estrondos por toda a parte, sinalizando a queda dos prédios da Cidade.

Se não conseguissem recapturar sua presa, os demônios destruíram tudo para impedir a fuga. Precisavam ser rápidos.

Íbis jogou os cilindros vazios no chão e conseguiu convencer o Rei a subir na estrutura. Não sabia se iria aguentar o peso da estátua viva de ouro e ferro, mas tinha que arriscar. Novamente, colocou-se a correr na direção da porta que o Rei-Máquina indicara.

Atrás deles, tudo ruía e caía ao chão com grande estrondo, cada vez mais próximo. As pernas de Íbis queimavam, seu peito ardia e o suor não o deixava enxergar. Mas ele continuou empurrando, os braços dormentes e a cabeça vazia. Era sua missão, o seu último dever.

Ele correu até o pôr do sol, sem perceber que já tinha ultrapassado as muralhas metálicas. Foi preciso que seu senhor o avisasse.

– Meu caro, não precisa mais correr. Aliás, era bom parar, estou ficando tonto. Já estamos longe o suficiente da Cidade de Lata e mesmo assim o encantamento que o mago fez impede que eles passem da muralha. O topo dessa colina parece um bom lugar para ficar e quem sabe estabelecer um novo reino.

O Rei saíra do carrinho improvisado e estava parado, olhando o sol que tingia sua pele de brilhos alaranjados e vermelhos. Íbis ajoelhara no chão, o peito explodindo, a respiração cortada. Não sentia os braços nem as pernas e a cabeça era uma bola única de dor.

Mas sua alma estava leve. O Rei-Máquina estava a salvo.

Sua traição matara um rei. Sua ação salvara outro. Talvez nesse equilíbrio estivesse a sua salvação.

Não aguentou e deitou na grama, o seu novo senhor continuava tagarelando coisas sem sentido, mas ele não conseguia distinguir as palavras.

– Talvez um palácio de verão ali. E uma fábrica naquele rio, talvez use demônios de fogo dessa vez, dizem que são mais confiáveis. O mago podia me arrumar alguns, se é que ainda está vivo, pois...

E se ele fechasse os olhos, só um pouco? O céu tinha um tom púrpura, a cor do manto do rei de Shangri-lá, o manto que o general humano usara como estandarte, ao lado da cabeça de seu inimigo. No alto, quase invisível, um corvo esvoaçava. Tão alto que ele não deveria ouvir seu grito, mas ouvia. E ele crocitava o seu nome, libertando-o enfim do exílio e da Cidade Sem Nome.

Em nome das mães — Erick Santos Cardoso

I

O inquisidor Roni Bocatorti, sob o tribunal do Santo Trabalho do Templo de Cidare, capital de Cidânia, entrou no quarto mal cheiroso acompanhado de um miliciano que tagarelava e iluminava o caminho com uma lanterna a azeite. O ambiente estava empesteado pelo cheiro da carne aberta de dois corpos unidos por um ritual que só poderia ter origens entre os Sombrios – pelo menos se ele acreditasse no que diziam os milicianos que informaram o Santo Trabalho logo após a descoberta do assassinato. Medrosos, faziam o sinal do círculo ao peito, pedindo à Mãe da Luz que os iluminasse e afastasse a Sombra. Um limpava o vômito do iniciante impressionado com a cena. "Se eles imaginassem o que já vi, não teríamos pessoas suficientes para limpar a balbúrdia," pensou Roni, grave, enquanto mapeava em sua mente o local e as circunstâncias misteriosas das mortes.

No segundo andar de um dos amontoados prédios na parte pobre de Cidare, uma família de trabalhadores empregados em uma corporação de açougueiros vivia uma vida monótona, mas tranquila. A rotina do trabalho na corporação em meio às carnes e seus diversos cortes e embutidos nunca chamara a atenção da comunidade. Ao menos até hoje.

O pai, Patrono Z. Giúter, 44, mestre artesão; a mãe, Junuan Inês Giúter, 41, artesã; as filhas Luzia Inês Giúter, 16, aprendiz e Bruna Inês Giúter, 15, aprendiz. O pai, em estado de choque, prestou depoimento pedindo desesperadamente que encontrassem sua esposa, desaparecida. Estava recolhido no quartel da milícia sob os cuidados dos guardas e, mais tarde, seria interrogado por Roni, após a investigação da cena do crime. Era o principal suspeito e provavelmente seria enforcado caso não houvesse um parecer diferente por parte do Santo Trabalho.

Os dois corpos das adolescentes, de aparência jovem pela pele nua que permeava seus corpos inertes, jaziam no quarto da casa onde ficavam duas camas grandes, uma para o casal, outra para as filhas. Seus rostos eram belos como flores, mas tinham a frieza destas após colhidas, sem o vigor que a terra lhes confere. Uma tinha cabelos louros escuros, Luzia; outra morena, Bruna. Sim, os dados conferiam com o que fora apresentado pelos guardas da milícia. O tenente ousou abrir a boca e se dirigir ao inquisidor.

– Meu sen...

– Tenente Gião, seus serviços não são mais necessários. Chamarei-o se for preciso. Pode levar seus homens, também.

Quando o tenente ensaiou uma censura, afastou-se e se retirou ao imaginar uma leve virada de cabeça do inquisidor em sua direção. Se praguejou, fê-lo em silêncio enquanto saía. Não queria ter que encarar aquele olhar duro, olhos negros com cílios desenhados a carvão, nariz adunco, cabelos crespos alisados por óleo e uma barba cuidadosamente desenhada que marcava sua mandíbula ossuda e angulosa.

"Que o Santo Trabalho resolva sozinho seus casos loucos, então," pensou Gião. Ao sair para a rua, vislumbrou por um instante o brilho de Anmaa entre as nuvens e se sentiu melhor, como se não tivesse visto nada que lhe molestasse a serenidade. Já esperava afogar qualquer ideia ruim que pudesse vir a ter em uma bebida forte numa taverna qualquer, ao lado de um rapaz perfumado.

Bocatorti encostou a mão na guarda prateada e polida de sua rapieira e a manteve firme enquanto girou o corpo, agachando para observar o trabalho que unia as duas jovens. Uma costura dedicada, mas grosseira, fundia a moça morena e a loura na altura das barrigas. Seios pequenos e perfeitos serviam como olhos de sapos monstruosos esculpidos com a carne das moças, como se criaturas repugnantes se beijassem. Suas peles possuíam cores ligeiramente diferentes, impressão facilitada pelo remendo de uma na outra feito por um fio de linha negra. Havia manchas em algumas regiões, provavelmente fruto do álcool usado para retirar os resquícios de sangue que envolveriam os ferimentos feitos a faca. Rigidez de morte. As cabeças se encontravam afastadas uma da outra, os cabelos escorridos e penteados cuidadosamente, espalhados pelo lençol negro que exalava um cheiro de sangue. Bocas fechadas, olhares vidrados, secos, apontavam para a cabeceira da cama de casal. Acima, pendurado na parede, um circunfixo de madeira esculpida, pintada de amarelo brilhante.

A milícia havia encontrado o crime após reclamações de vizinhos que se surpreenderam com a briga de cães por restos de carne na frente da casa. Não tardou para avistarem a porta com um desenho de circunfixo feito a sangue.

O interrogatório se daria em uma daquelas salas escuras e úmidas, enterradas para que os gritos não cheguem à superfície. Entre o limo e ratos, Bocatorti falava com Patrono sem se convencer da adequação das instalações. Já havia notado que os instrumentos essenciais para a busca da verdade não estavam disponíveis, uma verdadeira vergonha para os padrões de uma capital.

– O senhor estava em viagem, dizia?

– Fui ter com um fazendeiro que trabalha com couro em Criane, que fica há dois dias daqui. Onde está minha esposa?

– Talvez pudesse me responder a essa pergunta.

– Minha esposa... Preciso ver minha mulher, senhor.

– Excelência será mais adequado – e com aceno a um ajudante um dos dedos do pé de Patrono foi reduzido à espessura de um bife.

Os gritos cessaram. Da boca que expirava e sorvia o ar viciado saiu um hálito podre típico de comedores de carne.

– Pelas Mães, pare, o que quer de mim? Já não lhe basta minhas filhas, ah, Deusa, minhas meninas, tão lindas e perfeitas.

– Ainda assim não hesitou em lhes fazer mal. Onde está a sua mulher?

– Maldita seja ela, me abandonou aqui! Estive viajando, não sei de nada. Deixe um pai com o seu luto. Maldição, filhos da Sombra! Larguem-me!

– Ninguém pôde confirmar a sua informação, é meu papel questioná-lo. Responda, homem, ou será pior. Onde ela está? – o ajudante comprimia o dedo do outro pé, para não atrapalhar no equilíbrio na hora de andar.

– Aaaah, morram pela Luz, malditos! Pecadores que não merecem a Mãe. Queime, seu demônio sombrio, queime!

Roni quase sorriu pelo canto da boca. Entretanto, por mais prazer que a situação lhe desse, resignou-se em não avançar em sua busca, pois já havia chegado a uma conclusão: Patrono não sabia onde a mulher estava.

II

A sede da tradicional Corporação de Santa Clárida, de açougueiros, ficava próxima ao terceiro portão no Leste de Cidare e era construída sobre as margens do Vermelho. O rio ganhou o nome por conta dos restos animais despejados em seu leito pelo antigo abatedouro que abrigava e que, com o crescimento da cidade, migrou para fora de seus muros. Como se fizesse parte da ponte que cobria as águas, sua fachada era triangular e alta, com três janelas no mesmo formato e que lembravam olhos e nariz de uma caveira humanoide. Abaixo, duas portas duplas vermelhas faziam as vezes da boca de entrada para o local onde as carnes eram processadas e seguiam para o comércio. Comprida, a lateral do prédio era forrada de triângulos de alvenaria que se projetavam da base de altos e íngremes telhados, com pares de janelas sobrepostas. O cheiro atraía animais, que eram mantidos longe das portas a pauladas.

Bocatorti foi recebido com todas as honras pelo olheiro de carne Mito Receira, homem de meia idade, cabelos grisalhos rareando, pele rosada como se fosse lavada constantemente. Estava vestindo um avental de listras verticais, como o dos açougueiros, calças escuras e camisa de algodão muito limpas. A presença desse homem tão asseado foi um alívio momentâneo ao inquisidor, que se sentia quase nauseado diante de carne. Nunca a ingeria, não só para respeitar os períodos de fastio que o Templo exigia. Até mesmo peixes, tão ligados às histórias do grande profeta Pietru Negro e seus discípulos, preferia evitar. Comia-os raramente diante da Suprema, por quem nutria profunda devoção, em sua residência na Cidade Sagrada em Cidânia. Mas só. A carne, vermelha, sangrenta, parecia-lhe de uma podridão e corrupção absolutas, uma das mostras da decadência das raças humanoides e símbolo do que os ligaria sempre a essa terra caída, escurecida, longe da Luz e da plenitude da vida santa sonhada para si.

Quando deu por si estava andando ao lado de Receira, que discursava com alegria e orgulho, mesmo percebendo-se relutância em sua voz, talvez por receio de que o Santo Trabalho encontrasse qualquer irregularidade nas instalações. Dizia que era uma das mais tradicionais e antigas corporações cidaristas, com mais de 200 anos de funcionamento.

– A carne suína é muito apreciada por burgueses dorfes. Eles adoram um leitão. Até aqueles mais tradicionais, Vossa Excelência sabe, abrem mão de um bom carneiro para prová-la novenalmente.

"A bovina, assim como a suína, é bastante acessível aos humanos, mesmo os de menor fortuna, o que é mais uma graça da Deusa. São cortes não tão nobres, é verdade, até inferiores, se Vossa Excelência me permite a sinceridade, mas que ao menos alimentam essa boa gente. Ou no consumo de embutidos, obviamente.

"Ah, aqui temos os cortes ovinos. Esse é um gado tradicionalmente dorfe, artigo para poucos merecedores da sociedade. É muito raro nessa região, nosso solo favorece mais a criação bovina. Oh, é claro, isso sem contar as carnes de aves e outras provenientes de caça. Essas não temos à disposição, mas conheço grandes mestres que utilizam de sua honrosa e extensiva experiência nas corporações açougueiras para servir nas casas nobres, mesmo que hoje nem tantas possam compartilhar dessa honra. É algo muito triste o que há nesses tempos, não é verdade? Sei que nossa Mãe da Luz nos iluminará e trará novamente o brilho a essas casas tradicionais. Mas acredito que Vossa Excelência aprecie mais os artigos de pesca, não é verdade?"

– Sim. É da nossa preferência observar e trilhar os caminhos do grande profeta, o filho da Deusa, Pietru Negro.

– É verdade, é verdade – respondeu Receira. – Mas garanto-lhe que se viesse a provar das carnes que tenho a honra de inspecionar, Vossa Excelência teria um grande prazer.

Bocatorti evitou responder, mesmo se enervando e perdendo a paciência em seu interior. Tensionou sua fronte. Teve um súbito desejo de ferir esse homem que a princípio lhe pareceu tão limpo, tão puro, trespassá-lo com sua espada e fazê-lo sangrar como um animal abatido que, ao ver sua vida se esvair sob si, tem a certeza de que outro animal o comerá e ainda sentirá prazer.

Sem notar o inquisidor, Receira prosseguiu com as explicações enquanto andavam entre o cheiro de carne que se espalhava pelo ambiente.

– Os animais são abatidos em casas próximas dos muros de Cidare por mestres açougueiros licenciados e trazidos para a sede da corporação de Santa Clárida para o processamento dos produtos. Daí temos a verde, a ser distribuída nos mercados e em carros pelas ruas. Temos também, como dissemos, a produção de embutidos e o salgamento para maior conservação. Toda carne com que trabalhamos é diariamente inspecionada por mim. Por acaso vem do abatedouro de nosso grão-mestre Aqueria, dono de uma fazenda de gado e com bons contatos para fornecer melhores cortes.

O que ouvia era anotado em sua mente, acumulando informações sem se preocupar com o conteúdo.

Dentro do açougue, Roni observou o descaso típico dos que vivem sob a proteção do Templo. Alguns fingiam se importar e faziam cara de preocupação, mas sem se dispor a trocar mais de duas ou três palavras por livre e espontânea vontade, outros se afastavam temerosos com a presença do Santo Trabalho, esperando escapar de interrogatórios. Não fazia diferença, a resposta não poderia ser mais evidente se viesse sem suas vestes púrpuras e a medalha do Templo que lhe conferia a autoridade. Bocatorti sabia que não ousariam mentir a um inquisidor. Ao menos algum dos boatos que se espalham entre o povo sobre a implacável justiça do Santo Trabalho era verdadeiro, por isso temeriam por sua integridade mais do que pelas eventuais ameaças que o verdadeiro assassino pudesse trazer aos pobres tolos.

Observou as estações e se deparou com homens e mulheres de avental e luvas de couro em frente a mesas forradas de sangue, concentrados em seus afazeres. O zumbido constante de moscas que aguardavam um deslize para pousarem nas carnes o fez se lembrar dos salões secretos onde havia conduzido muitos interrogatórios entre metal e esse cheiro inconfundível de vísceras animais.

Se ainda pudesse conduzi-los... Sorriu mentalmente da ironia – nunca mostrava a sua alegria nos lábios –, mas o mero pensamento o refreou e lhe trouxe uma súbita agonia, um arrependimento que fez com que programasse uma penitência a admoestações por chicote, joelhos em vidro moído e um dia de exposição nu a Anmaa, para que a queimadura de seu calor lhe purificasse a pele branca. Tudo graças a esse maldito pensamento sombrio que o fez comparar o Santo Trabalho em sua conduta da humanidade à Luz com um imundo açougue. Era inadmissível, sentiu-se envergonhado e tão sujo quanto o local, como se precisasse de mil purificações e banhos de água pelando.

Recompôs-se e retomou sua tarefa. Perguntas rápidas guiaram Roni até o grão-mestre, Festonio Aqueria. De acordo com depoimentos amedrontados, ele tinha discussões constantes com Patrono por serem ambos de personalidade forte, mas nunca considerara romper com ele por ser um mestre muito competente.

– Como posso ajudá-lo, Vossa Excelência? Como um açougueiro pode servir ao Templo? – perguntou com um sorriso amarelado em seu rosto de meia idade bochechudo e que mostrava a vida confortável que levava.

– Responda às minhas perguntas, não as faça – disse, grave, Bocatorti. – A família Giúter trabalhava aqui ou na oficina deles?

– Na oficina deles – respondeu Festonio, dando um passo para trás. – O senhor Patrono vinha buscar e trazer serviço, trabalhavam rápido e muito bem. Às vezes vinham as meninas e a sua bela esposa, Dona Junuan.

– Quando as viu pela última vez?

– Semana passada. Aliás, estávamos esperando uma entrega deles hoje mesmo. Aconteceu alguma coisa? – O amarelo de seus dentes arreganhados contrastava com os olhos claros e tensos.

– Não subestime minha inteligência, grão-mestre Aqueria. Sabe muito bem o que faço aqui. Diga-me se havia alguma crise entre o senhor Patrono e algum dos seus aprendizes, ou outros mestres. – Roni segurava no cabo de sua rapieira e a apertava com as pontas dos dedos, inquieto.

– Hmm... Eu não poderia dizer alguma crise, mas houve uma questão de honra, certa feita.

– Estou ouvindo.

– Diogue, venha cá – acenou para um rapaz que atendeu de pronto e se aproximou encarando o chão. – Este jovem,

Excelência, teve um pequeno problema com o senhor Patrono – disse enquanto agarrava o punho do rapaz e arrancava a luva cheia de sangue, descobrindo a sua mão. Faltavam a metade do dedo médio, o anelar e o mínimo.

Diogue era loiro e tinha os cabelos curtos, encarava o chão e às vezes erguia os olhos para Roni, desistindo em seguida.

– Estou ouvindo, eu disse.

– Ah, mas é claro, senho... Excelência. Patrono parecia muito ciumento com as suas filhas. Não tinha o mesmo comportamento com a própria esposa, mas quando se tratava de suas garotas, o homem era mais furioso que um orc – disse esfregando a mão do rapaz. – Esse pobre Diogue foi gentil demais com a senhorita Luzia, a loirinha como ele, Vossa Excelência sabe.

– Senhor Diogue, conte-me o que ocorreu com o senhor Patrono e a senhorita Luzia – Diogue ficou calado, olhando para o chão. – Está me ouvindo? Responda-me! – ordenou, mas sem efeito. O rapaz se mexia inquieto, olhava para os lados, mas não disse uma palavra.

– Perdoe-me, Excelência, mas Diogue é um pouco tímido diante de pessoas de sua importância. Vá, deixe-nos – ele saiu de perto sem pensar duas vezes, Roni o acompanhou com os olhos até a sua estação de trabalho. – Então, como eu dizia, ele foi gentil demais com a senhorita Luzia, tudo aconteceu muito rápido, de repente Diogue urrava chorando apoiado na coluna e um cutelo estava cheio de sangue de gente, seus dedos caídos junto dos pés de porco que cortava. Patrono saiu arrastando a filha sem dizer nada e continuou a ir e vir com trabalho como se nada houvesse acontecido.

– Por que as autoridades não foram contatadas?

– Ah, Excelência, essa era uma questão de honra, tenho certeza de que pode compreender.

– Mas duelos e afins são proibidos pelo Templo. A desobediência dos senhores é que torna o nosso trabalho difícil. Que horas o expediente termina?

– Trabalhamos diariamente até as 16 horas, Excelência.

Roni consultou um relógio de bolso prateado, com motivos de folhagens e um circunfixo gravado com elegância. Eram 14 horas.

Duas horas depois, Diogue partiu olhando para o chão. Andava rápido e cansado do dia de serviço. Compraria legumes para comer com a língua de boi que carregava em um pacote, presente do senhor Aqueria. Não parava de pensar na intimidadora figura do inquisidor que apareceu na Corporação durante o dia. Afastava de seus pensamentos o lindo rosto de Luzia, mas era em vão.

No meio da praça de paralelepípedos, em frente ao Templo da Luz, Roni Bocatorti estava encarando-o, de pé, uma mão apoiada no cabo da espada, como se posasse para um retrato. Seu coração quase saiu pelas costas.

Afastou-se bem rápido, tendo certeza de que estava sendo seguido com os olhos. Orava para que só estivesse sendo observado.

III

Roni se flagelava com um chicote com pequenos circunfixos da espessura de uma lâmina nas pontas de couro. Fazia isso em silêncio, sem mover um músculo do rosto, controlando sua respiração a cada pancada que lhe rasgava as costas nuas. Era a purificação necessária por adentrar as sombras em nome do Santo Trabalho.

Estava ajoelhado diante de um circunfixo, contornado por velas de fogo mágiko branco tangendo o círculo riscado a giz que o isolava do solo sagrado do Templo onde se encontrava. Era direito de um inquisidor ter à sua disposição aposentos para pousar em qualquer casa da Deusa. O ritual já durava horas e mesmo assim Roni não fraquejou nem por um momento.

Acabou de aplicar o castigo e rezou mais uma vez com intensidade. Sua voz era baixa, mas áspera. Em um espasmo virou para o teto e abriu os olhos iluminados. Um túnel rasgou a distância e dentro dele surgiu a imagem sagrada que lhe trouxe lágrimas aos olhos. A santa pairava de pálpebras cerradas, deitada em tecidos que lhe envolviam a cabeça. Branca, tinha os lábios vermelhos como as vestes ostentadas quando visitava os filhos que vagavam pelas sombras. Já não era jovem, mas de uma beleza invulgar e digna que não se podia comparar às mulheres do mundo. Sem abrir os olhos, seus lábios se moveram.

– Diga, meu filho que atravessou as sombras para me encontrar. – Uma voz serena ecoou dentro da cabeça do inquisidor. Era a Suprema, a sacerdotisa máxima a quem devia tudo o que conseguira alcançar em nome da Deusa.

– Mãe, perdoa-me, pois pequei – disse o inquisidor enquanto as lágrimas caíam ao solo de madeira.

– És um digno filho que vive em nome das Mães, da Iluminada que nos glorifica ainda que não se afaste da Sombria que nos transforma em pó.

– Não sou digno de suas gentis palavras, mãe. Perdoa-me por vir trazer-lhe preocupações quando é o meu fardo carregá-las.

– Eu o escutarei, meu filho.

– Obrigado, mãe. Vim informar-lhe que já tenho as primeiras impressões sobre o caso ao qual me debruço. Não quero trair tua inestimável confiança com conclusões precipitadas, mas devo enviar um relatório formal até o final desta novena.

– Vejo que está confiante, meu filho. Acautela-te do excesso dela, a Sombria pode nublar-te a razão.

– Sim, mãe, tenho enfrentado constantemente a malícia das sombras... Anseio... Perdoa-me.

– Diga, meu filho – disse a Suprema ainda sem abrir os olhos. Sua imagem era clara, sua pele brilhava como se pulsasse luz cegante.

Roni a olhava e procurava no pescoço da Suprema um circunfixo, algo que lhe trouxesse o controle que o deixava. Aproximava-se dela e observava-a em detalhes. Viu a pele que permanecia como um belo afresco que santificava os templos, os lábios intocáveis. Reparou neles como se quisesse abri-los com um toque e então sentiu um calor percorrer o corpo.

Tudo isso não demorou mais que dois segundos.

– Anseio pelo dia em que vencido o meu fardo... Poderei ser abençoado com tua presença.

A Suprema abriu os olhos. Que visão intoxicante. Roni quase engasgou ao mergulhar nos cinzentos poços de força que eram as pupilas da santa mãe.

– Venha a mim – ordenou com calma – quando a hora chegar. Aguardarei o relatório que será despachado. Que assim seja. Não falhe, meu querido filho. Tenho certeza de que a tarefa está sob controle em suas competentes mãos.

A visão se desfez. Roni olhou para o próprio corpo, ensopado de suor, e viu algo terrível que o levou ao desespero. Ao sentir a pele da Suprema, fora tomado por um malicioso desejo que agora lhe libertava o sangue, deixando-o fluir por todo o corpo.

Caiu com as mãos no rosto e chorou com vergonha por alguns minutos, deitou-se retorcido no chão, tentando se sentir digno.

Enfrentou mais uma série de golpes nas costas logo que se recompôs.

– Porque então havia Nean, o Todo, quando não existíamos em nossas mesquinhas e falhas aparências humanas – dizia a mãe do templo em que Roni estava hospedado. – Quando só éramos parte dele, fomos plenos. Completos, a divindade em sua perfeição. Mas quis Ele que fôssemos mais do que isso. Nós, tão pequenos e corruptos. O Todo um dia entendeu que deveria haver para cada pequena parte sua o dom de Sonhar – ela agora olhava para o povo que enchia o templo na Despedida do dia-da-criação, ritual que ocorria novenalmente em todos os templos. Estava vestida em seu hábito branco, um largo circunfixo prateado pendia em seu busto. Tinha os cabelos trançados em diversos gomos. Roni Bocatorti estava de pé, em um canto, como uma estátua, vestido impecável em suas indumentárias de inquisidor. Segurava o cabo da rapieira com as pontas dos dedos.

– O que é o Sonho, eu vos pergunto – ela recomeçou. – Esse dom não foi dado aos primogênitos, a quem chamamos *Alvos*. Espero que tenhamos irmãos Alvos da terra aqui, pois a eles foi concedida a Transformação, cujo conhecimento lhes permitiu muitas realizações maravilhosas. Mas nós não vivemos através da Magia como eles. Somos mortais, frágeis, e temos um vislumbre da Criação ao sonharmos. E é por isso que a Magia não nos é permitida. Se o dom do Sonhar nos faz encontrar a essência da Criação, não nos é necessário adentrar nas ciências proibidas! Há uma morada longínqua construída pelos Alvos onde se buscava o Sonhar, um local onde existiram por gerações humanas apenas tentando aprisionar esses momentos que temos todos os dias quando deitamos em nossas camas. Nós, pecadores que somos, recebemos o dom que nem os primogênitos têm. É dever dos filhos mortais zelar para que as ciências proibidas sejam usadas apenas por quem lhes é de direito. Porque Nean, quando era o Todo, permitiu que a Criação fosse dividida e que de seu corpo fossem tiradas as suas Duas Filhas. São essas as nossas Mães a quem conhecemos, a que nos ilumina e aquela que nos traz as trevas para que possamos lembrar que há a Luz para nos tirar dos sonhos, o verdadeiro despertar de todos os dias de quem busca um abrigo contra a Sombra – ela sorria e olhava para a alta abóbada curvilínea típica da arquitetura álvica que caracterizava o prédio. – Elas que um dia foram unidas em Nean e então separadas pela Transformação deram origem a essa luta entre Criação e Destruição de que somos resquício. Tudo a partir da ruptura do Todo, meus filhos. Que um dia voltemos a ele em sua totalidade. Assim seja.

No final do sermão, a mãe se aproximou após ordenar tarefas às acolitas, os braços relaxados ao lado do corpo.

– Inquisidor, o sermão foi de seu agrado?

– Sim, mãe, me lembrou daquilo que é importante – disse sem olhá-la nos olhos. – Mas não quero tomar o seu tempo, peço-lhe por obséquio que responda a algumas perguntas.

– Mas é claro. Do que se trata, Excelência?

– Da família Giúter. Soube que comungam aqui nessa casa da Deusa.

– Sim, é verdade. É uma família de grande devoção, não faltam a uma Despedida. O pai, sim, o sr. Patrono parece conduzir com muita firmeza a moral de suas filhas e esposa. As garotas sempre participaram das atividades juvenis, auxiliam nas organizações das festas e a mãe é uma verdadeira penitente, dedicada à execução dos rituais e à educação de suas filhas. O pai sempre acompanhou de perto tudo o que as meninas faziam. Às vezes vinha acompanhar de perto as atividades e dizer a todos com orgulho que eram as suas filhas.

– Fale-me mais sobre o pai.

– Certa feita fez com que suas filhas rezassem em penitência por toda uma tarde sob a Luz de Anmaa e acabaram de cama depois, pela alta exposição à Deusa. Parece que era algum problema no trabalho.

– Fornicadoras?

– Não, de maneira alguma. Como eu disse, eram devotas e trilhavam o caminho dos santos. O pai fazia questão de que vivessem pela fé. Mas parece que uma delas teria cedido aos gracejos de um açougueiro na corporação e, por mais que tenha tentado esconder, cometeu um pequeno delito, sorriu na frente da irmã, que contou ao pai. Enciumado, ele obrigou que as duas fizessem as orações, uma para correção, a outra como uma forma de fortalecer a sua honrosa conduta. Eu não sou contra corretivos, mas...

– A disciplina na Deusa é o único caminho para escaparmos da Sombra. O pai agiu bem, é alguém que mantém firme o pilar da família que lhe foi confiada, ainda mais uma com três mulheres.

A mãe ficou desconcertada, mas como se essas questões não lhe fossem das mais importantes, surpreendeu o inquisidor com um comentário.

– A sua visita é muito fortuita, Excelência. Sou uma grande admiradora de seu trabalho, se permite dizê-lo. Tenho a esperança de que possa acompanhar-me na ceia desta noite – sussurrou as últimas palavras, tocando com as costas da mão no cabo da rapieira do inquisidor.

Roni teve um tremor e desencostou-se da mãe, fez uma leve mesura e pediu licença para se retirar. Andando, olhou para as suas mãos e as considerou sujas, olhou para a sua rapieira e soube que só o sangue de um pecador limparia a sua mente daquele lugar e todas essas abominações contra as leis da natureza e da Mãe Anmaa.

IV

Em um quarto pequeno e espremido entre dois galpões à beira do rio que circundava os muros de Cidare, morava Diogue, o funcionário da corporação de Sta. Clárida que tivera dois dedos decepados pelo senhor Giúter. Da porta de madeira apodrecida saíam e entravam crianças barulhentas, seis pelas contas de Roni, que observava a tudo de um pequeno cais em frente aos barcos de pescadores e carga. De lá, avistou duas garotas e quatro garotos, sujos, certamente mal cheirosos e de idades variadas, prováveis irmãos do jovem Diogue.

A tarde seguia tranquila. Logo Anmaa se esconderia para o início da noite e a imundície tomaria conta da cidade em suas tavernas, bordéis e salas de ópera, em seus salões de maquinações de todos que não estavam sob o jugo da Deusa.

No fim da tarde, surgiu enfim quem o inquisidor aguardava. O rapaz saiu de um beco acompanhado de outro maltrapilho, riram até se separar, trocaram um abraço e então voltaram para as sombras, ficando por minutos atracados. Roni cerrou os dentes e sentiu a força na mandíbula, mas preferiu esperar pela saída do rapaz do beco antes de abordá-lo. Diogue logo o fez, mas entrou em casa no momento em que um guarda acendia as primeiras lâmpadas da rua, ainda antes do Sono de Anmaa. O inquisidor aguardou mais alguns minutos.

O rapaz saiu gritando com alguém dentro de casa, de onde se ouvia um choro de criança. Partiu batendo a porta e foi seguido de longe por Roni, circundando o rio até chegar a uma comprida viela que levava a tavernas próximas aos portões de Cidare. Ali, em questão de segundos, foi alcançado pelo inquisidor, que pareceu flutuar pelo chão de ladrinhos de pedras. Sufocou um grito.

– Aqui não há ninguém que possa impedi-lo de me dizer o que sabe. Fale, em nome da Deusa.

Diogue não sabia o que dizer, tremia e encarava o seu agressor que parecia um monstro no escuro do beco. Começou a se mijar.

– Maldito porco, fale logo ou aponte-me algo ou vou arrancar a verdade pelo metal.

Não precisou falar duas vezes, Diogue consentiu e pediu para segui-lo, com gestos. Atravessaram mais ruas escuras entre prédios mal cuidados. Na noite sob as nuvens, nem a luz vermelha de Anmas ajudava a ver e o único auxílio eram as lâmpadas penduradas sobre as portas e as janelas que escondiam as vidas pecadoras da capital de Cidânia.

Passaram por um dos portões da cidade. Seguindo o curso do rio por alguns minutos, afastaram-se da capital e logo se aproximaram de uma propriedade, envolvida por uma cerca viva e um portão baixo. Um prédio de um andar e quadrado, com um par de grandes portas à frente, projetava-se para dentro do rio, como uma palafita. O rapaz parou na entrada e ficou olhando para o Inquisidor.

– Um abatedouro, não é mesmo? Do grão-mestre Aqueria, eu presumo – perguntou Roni.

– Sim... – respondeu em voz baixa, trêmulo.

– Muito bem. Vá para a sua noite e se emporcalhe, mas arrependa-se, rapaz. Arrependa-se ou não apareça mais no Templo e aceite a Sombra que é o seu destino. Vá, imundo.

E mais uma vez Diogue obedeceu sem esperar por uma segunda ordem.

Roni entrou no terreno e seguiu pelas sombras das árvores espalhadas, sentindo-se curiosamente à vontade entre elas. Pensou em como isso seria um mau sinal, mas endureceu o espírito e continuou evitando a estrada em direção ao prédio achatado. A estrutura jazia abandonada, aguardando a Luz do amanhecer para um novo dia de trabalho. Correu pelos lados e procurou ao lado dos arbustos um local para se infiltrar sem ser visto. O cheiro de carne já se misturava ao ar. As janelas em trevas. Seria melhor voltar outra hora. Decidiu observar a parte construída sobre o rio, para onde eram escoados o sangue e os restos animais não utilizados. Para sua surpresa, luz bruxuleava de uma janela. Procurou uma porta de saída e deu com ela trancada. Tentou uma chave mestra e não conseguiu, teria que abri-la como um ladrão. Isso era inconcebível. Suspirou e se sentiu mais perto da escuridão, rezou palavras proibidas e então a chave mestra abriu a tranca. Amanhã, sem falta, teria a sua penitência por isso.

Estava no escuro. Tocou a sua medalha com o circunfixo e sentiu os olhos iluminados por dentro, acostumando-se às trevas e distinguindo o ambiente em que se encontrava. Era uma sala grande, revestida de madeira e de pé direito baixo. O cheiro de morte era ainda mais intenso, cadáveres animais pendurados pelos pés, esticados e enfileirados, aguardando os cortes para seguir ao consumo. Roni se concentrou e esquivou-se de barris e tonéis de água, procurando a origem da luz que viu de fora. Sem fazer barulho, ouviu uma porta se abrindo e passos que batiam, secos, na madeira que revestia o chão. Então ouviu uma risada, alguém se divertia nesse lugar. Seu estômago se embrulhou com o pensamento. Os passos se aproximaram e com eles um halo de luz dançante, uma lamparina de mão. Iria ter contato visual em breve. Tocou a guarda da rapieira e preparou-se para sacá-la. O corpo surgiu por inteiro e era uma mulher de meia idade, sem as roupas de cima, rindo. Ela começou a correr, revelando o seu perseguidor que surgiu nu, logo atrás. Não pôde distinguir direito, mas era gordo e seu rosto bochechudo mostrava satisfação no que estava fazendo.

Bocatorti seguiu o estranho casal até outra sala. Nela havia ganchos limpos a serem usados em um canto e uma larga banheira abaixo de um trilho usado para deslizar os animais abatidos para os procedimentos terríveis que o consumo da carne exigia. Sobre uma das mesas de trabalho abandonadas durante a noite, a mulher se deitou e foi coberta pelo homem gordo, ambos riam e discutiam alguma coisa. Roni se aproximou e se escondeu atrás de barris cheios de água.

– Ah, Senhor Festonio, me dê mais filhas, venha! Vamos!

E o homem se esforçava como um porco que se estrebucha antes da morte. Os gemidos da mulher irritavam o inquisidor, que já tinha entendido tudo e se enervava com a humanidade. Ergueu-se de súbito, não iria esperar pelos prazeres dessa gente.

– Em nome do Santo Trabalho, senhora Junuan Inês Giúter, renda-se à justiça da Deusa e me acompanhe...

– Ahh! – gritou a mulher e derrubou o gordo, que se assustou. Ela começou a correr desesperada, o inquisidor partiu ao encontro do casal. Festonio desprendeu uma mangueira que pendia dos canos pelo teto e os empurrou para retardar o santo homem. Roni se esquivou, já estava furioso por tudo o que presenciava. Esmurrou com as costas da mão o grão-mestre, que caiu dentro da banheira usada para escaldar os animais mortos em água quente, após o abate. Mas a essa hora ela estava fria, e só o assustou.

Roni seguiu a mulher na sala onde estavam pendurados os animais e caminhou sem pressa ao vê-la gritar e esmurrar as portas trancadas. Ela acabou deslizando ao chão, seminua, gritando com uma voz estridente e rasgada.

– O senhor não entende, o senhor não entende. Ele não me amava, só amava as nossas filhas e as Deusas, não me amava, eu sou a sua mulher, *eu* sou a mãe da família. – E chorava soluçando, as mãos espalmadas na porta. – Me perdoa, senhor, me perdoa, ah, sou indigna, eu sou indigna... – abraçou-se às pernas do inquisidor, que se desvencilhou rapidamente e sem mesuras.

– Vista-se, mulher, e que a Deusa tenha piedade de ti, pois a justiça neste mundo te enviará ao julgamento Dela.

V

–... e o pai, esse, sim, um homem temente à Deusa, sofreu por sua devoção a traição máxima de uma fornicadora, de uma desrespeitosa mulher que conspurca o dom da Criação concedido por seu ventre, deitando-se com outro homem para satisfazer a sua solidão porque nunca entenderia que o amor à Mãe nunca poderá ser igual ao dos homens. Se devemos punir os lascivos homens com vigor para que não fecundem mães que não sejam de suas famílias, também não devemos nos esquecer das mães, pois elas também podem gerar os filhos incompletos, nascidos longe da solidez que a família sob a Luz traz.

Festonio defecou aos primeiros minutos e chorou como uma criança ao ter os pés cozidos. Roni teve prazer ainda maior em fazê-lo confessar a sua intenção em dedicar a morte das filhas de Giúter à Sombra. Os golpes com o porrete fez questão de aplicá-los pessoalmente, quebrando as pernas para que não pudesse nunca mais se erguer. Afinal, não precisaria mais delas.

– Mas por que essa triste mãe fez isso às próprias filhas? – perguntou a Suprema com uma voz quase sussurrante. Roni lembrou-se em um relâmpago do que viu no beco entre Diogue e o rapaz, do que viu sobre a mesa do abatedouro entre o casal de açougueiros. No palácio supremo, estavam sentados em uma distância de trinta passos à mesa de toalhas vermelhas, entre eles um banquete formidável servido em taças e talheres de ouro branco e pratos de porcelana álvica com seus motivos curvilíneos, antiguidades de valor inestimável.

Junuan teve as costas descobertas de pele graças ao chicote que Bocatorti usou sem reservas até se encharcar no próprio suor. Mais uma vez, ele não deixou que ninguém cuidasse da execução do interrogatório. Ela gritou que não tinha mais o marido e não sabia como tê-lo de volta, que se arrependia de ter dado à luz as filhas. Isso não era bom o suficiente para os autos do Santo Trabalho. Não demorou muito para que confessasse que dormia com sombrios e participava de rituais carnais em nome da Mãe da Sombra. Como fornicadora que era, o inquisidor pensou em fazer-lhe um favor e purificá-la, aplicando-lhe o instrumento pera e abrindo-a à força, mas não conseguiu levar a cabo o procedimento por muito tempo ao sentir o seu corpo reagir de uma forma perigosa e arrebatadora. Ordenou que um assistente o fizesse, deixando-lhe à vontade com ela até o Aparecer de Anmaa, quando se daria a execução.

– Em sua... Em sua... mente pecadora, minha amada mãe, acredito que o abominável ato não representava nada mais que... perdoe-me por relutar, mas talvez fosse a sua forma de fazer a vontade do pai e torná-las únicas como as Mães um dia foram com o Todo...

– Basta! – a Suprema levantou a voz por um único instante, para em seguida voltar a sussurrar enquanto saboreava uma garfada de um delicioso peixe. – É um absurdo sequer conceber tal ideia, que por um ínfimo momento havia um ato de fé por trás desse assassinato. É aí que vive o caminho da Sombra, meu filho.

Na praça do Templo da Luz, a Supervisora fez uma longa oração em voz alta e então a Luz que veio dos céus incendiou os corpos de Junuan e Festônio amarrados aos pilares de mármore. Assustados, eles gritaram ao sentir cada parte do corpo se inflamar em chamas repentinas. Os membros do Templo fizeram o sinal do círculo no peito e rezaram em coro. A multidão que assistia à execução extasiou-se e vibrou com a justiça divina. Roni não sentira o mesmo, pelo contrário, era como se estivesse vazio com a conclusão da investigação.

O inquisidor Bocatorti estava de frente para a Suprema, sua mãe, sua mentora, aquela que o conduzia pelos caminhos da fé e da verdade de Pietru Negro, o profeta que unificou os filhos da Luz. Ouvir a sua voz suave e serena era melhor do que qualquer prazer que a vida sob a Luz permitia.

– Venha a mim, meu filho.

Roni ajeitou o guardanapo e pôs sobre a mesa, ajeitou os talheres sem alarde e afastou a cadeira sem arrastá-la com muito ruído. Andou pelo tapete orc feito por esses seres inferiores para o luxo do Templo e se ajoelhou ao lado da Suprema, fitando o chão.

Sem se virar completamente, ela tocou o topo da cabeça do inquisidor e ele estremeceu. Pensou nos açougueiros e nas risadas que ecoavam.

Patrono Giúter teve a sua propriedade confiscada pelo Templo e foi enviado a um monastério onde viveria em penitência pelo resto de sua vida, longe de sua identidade real. Fora julgado blasfemo por sua postura no interrogatório, mas a bondade de Roni lhe concedeu uma nova chance longe de sua antiga profissão, uma vida livre da carne e dedicada ao espírito. Falava baixo e sozinho, não dirigia palavras às pessoas, arrastando-se pelos cantos escuros e motivo de chacota entre os monges que não conheciam a sua história.

As mãos limpas da Suprema escorregaram pelo lado e riscaram a barba de desenho anguloso do inquisidor, que sentia o cheiro da carne exalando de seus poros. Os olhos da sua mentora eram calmos e ela virou a cabeça para ele, deu-lhe um meio sorriso.

– Nós que vivemos sob a Luz comemos da carne para lembrarmos que somos finitos, passageiros, parte uns dos outros. A carne que nos une é a que nos separa, meu querido filho. Bem-aventurado és tu que vives à margem desse vício e mantém a tua alma longe da Sombra. Até que alguém te cubra.

Roni chorou mentalmente e se desesperou pela excitação sombria que lhe correu as pernas, o peito, formigando-lhe as pontas dos dedos. O toque da mãe era a maior recompensa que poderia colher desse trabalho como outro qualquer e ansiou, mais que nunca, que viesse mais uma chance de provar sua devoção para poder tê-la em sua pele, mesmo que por breves segundos.

A alma boa de Viens — Rober Pinheiro

O primeiro deles surgiu com a alvorada, e depois outro e mais outro e mais outro, até que centenas de espectros escureceram o horizonte e transformaram a manhã do vilarejo em uma noite densa, eterna. Poucos tiveram chance de saber o que os aguardava, até ser tarde demais. Lavradores nos campos, senhoras às voltas com panelas e afazeres domésticos, crianças brincando nas vias de terra... Todos, absolutamente todos, caíram vítimas da triste surpresa que o destino reservara para aquele dia que, diferente dos demais, surgiu acompanhado do fulgor prateado de espadas selvagens e do brilho fosco, fraco, do sangue derramado por seu corte.

O povo, pouco dado às artes de luta e guerra, caiu rapidamente diante do exército do homem a quem chamavam de Lorde e Senhor, o autoproclamado protetor daquelas terras. Poucos lutaram, quase ninguém sobreviveu. De fato, apenas uma vida foi poupada. Uma alma, alquebrada, ferida, manchada pela dor de tantas outras menos afortunadas.

Até agora, passados já três dias, Viens ainda se perguntava que destino cruel o havia escolhido para ser o único sobrevivente, o único a carregar nos olhos e na alma o peso de tanto sofrimento. Não entendia por que fora feito prisioneiro, quando homens mais fortes que ele haviam sucumbido, nem por que o tinham trazido até esta cidade distante, a este castelo de torres frias que subjugava tudo em volta, uma cidade feita de rostos pesados, ocultos na semiescuridão das ruas ou sob o peso dos elmos.

No caminho até aqui, através das grades de sua cela improvisada, vira outras vilas, outras cidades, todas em chamas. Sobreviventes que fugiam à passagem da comitiva e alguns poucos corajosos ou desesperançados que ousavam atacá-los com perguntas e acusações, para logo depois serem silenciados. Uma chuva fina os alcançou na metade do primeiro dia, e desde então não os deixara. Minúsculas gotas geladas que caíam sobre seu rosto, misturando-se ao sal de suas próprias lágrimas. Os deuses menores de sua terra, sem nada poder fazer diante de tamanha atrocidade, apenas choravam sua dor.

Na prisão, puxada por animais reptílicos que até pouco tempo aravam os campos, e cujas cristas balançavam ao sabor das rajadas de vento cada vez mais fortes, havia outros com ele. Como ele. Jovens sobreviventes de outras vilas, de outras terras. Os mais fortes imersos em uma raiva calada, os olhos em busca de qualquer possibilidade inexistente de fuga; os mais fracos, vítimas de um choro impotente, em tudo igual ao dele.

A Cidade surgiu ao final do segundo dia, emoldurada por um entardecer chuvoso que lhe conferia um aspecto fantasmagórico. E, de fato, parecia mesmo uma cidade habitada não por homens, mas por sombras que se escondiam ainda mais ao vê-los se aproximar, rostos pesarosos que nada mais pareciam conhecer além da tristeza dos dias sem sol. Torres e pináculos se projetavam por entre as espessas camadas de nuvens numa tentativa vã de vencer a pesada capa de amargura que parecia se deitar sobre a cidade. Nas ruas, não havia crianças, risos ou conversas, apenas olhares desconfiados, passos rápidos que, mal haviam surgido, desapareciam através de portas que rapidamente se fechavam.

Uma a uma, as muralhas que protegiam a Cidade foram ficando para trás e quando os portões que guardavam a última delas se abriram com um rugido estrondoso, Viens foi arrancado de sua prisão e jogado para a escuridão da maior construção que já vira na vida. E desde então, a chuva e o vento haviam desaparecido. Assim como qualquer nota de esperança que porventura pudesse acalentar.

– Por favor... deixe-me sair – a voz, depois de várias e inúteis tentativas, saiu apenas como um sussurro perceptível.

Três dias! Três longos dias que o breu da minúscula cela, a unidade e o constante eco das incertezas daquele lugar de pesadelo haviam transformado em eternidade.

Ninguém apareceu ou respondeu. Como antes, como sempre.

Havia sido esquecido. Morto, como todos os seus conhecidos, amigos, parentes. Porém, sua morte era diferente, mais dolorosa, pois não lhe tinha sido dada a honra de realizar a grande travessia, deitar-se nos braços longos de Dhëmonna[1], enquanto o som de conchas mágicas embalava sua viagem às terras do sul, Nehrain[2].

Em vez disso, tinham-lhe reservado uma morte de um metro quadrado de espaço, escura e úmida, que fazia eco em seus ouvidos a cada nova respiração. Uma morte em vida.

Na solidão da cela, Viens lembrou-se do brilho da alvorada cobrindo de cores novas o riacho que serpenteava pelos

---

1 A morte benfazeja; um dos dois aspectos da morte thargoriana

2 As Terras Imortais. Ilha situada na região sul de Thargor, conhecida como o paraíso terrestre, para onde vão as almas dos homens.

arredores da vila, dos campos vastos de *heyjia*[3], luminosos à primeira luz da manhã, do sorriso radiante de Vhess. Ah, Vhess! Como sentia saudade de seu sorriso, de seu semblante de sonho. Os olhos pequenos e fantasiosos que tantas vezes falaram do desejo de conhecer o mundo, de visitar a joia do reino, a cidade que agora fazia dele, Viens, seu prisioneiro, e abrigava o senhor que o havia levado embora, para sempre. Sentiu vontade de chorar, mas as lágrimas há muito haviam secado. Restara apenas o vazio. O nada.

Um raio atingiu seu rosto e desceu corpo abaixo. Tinha o prumo reto como uma espada e a luz certeira como o rastro de uma flecha. Surgiu tímido e foi se alargando e se alastrando, até transformar-se numa fenda enorme que engoliu a escuridão da cela e feriu seus olhos tal qual adagas incandescentes.

Como uma benção, um vulto surgiu por entre a luz e parou a poucos passos da entrada da cela. Viens tentou fitá-lo, mas seus olhos desacostumados à presença de qualquer claridade não conseguiram sustentar a visão por muito tempo. Um braço estendeu-se no ar e desceu na vertical, depositando no chão uma bandeja quadrada. O vulto ainda se demorou um segundo, antes de retroceder para dentro da luz e evanescer, tragado pelos feixes luminosos que não tardaram em desaparecer também.

Viens tateou no escuro até que seus dedos esbarraram em um cálice, uma tigela com um caldo quente e em algo que, pela consistência, devia ser uma peça de pão, embora ele já não sentisse cheiro algum que lembrasse tal coisa.

Comeu sofregamente e seu estômago, desacostumado depois de tantos dias sem sentir o peso de qualquer alimento, reagiu indignado, expulsando tudo o que acabara de receber.

3 Espécie de grão fino muito apreciado pelo povo *Hhaldór*.

Viens recostou-se na parede, o pão e a tigela com o caldo firmemente presos entre as mãos trêmulas, e esperou a que as convulsões lhe dessem nova chance de ingerir um gole que fosse.

No dia seguinte (já havia se passado um dia inteiro?) a luz retornou e, no meio dela, novamente o vulto. Desta vez, estava mais nítido, mais próximo. E falava.

– Coma.

Viens obedeceu. Rastejando em silêncio, aproximou-se da bandeja e arrancou um pedaço de pão, molhando-o na mistura que formava o caldo quente. Só quando o levava à boca foi que percebeu que o vulto ainda permanecia ali, entre a luz, observando-o. Ele reteve o pedaço de massa molhada entre os dedos, como se não soubesse o que fazer a seguir.

– Por favor, ajude-me – suplicou, esquecendo-se por um instante a fome que lhe retorcia as entranhas.

– Coma – repetiu o vulto. E desapareceu. Aquela noite, Viens sentiu algo se manifestar em algum lugar entre a barriga e a boca que lhe soou ligeiramente diferente das costumeiras convulsões que o acometiam por causa dos longos períodos de inanição. Outra dor, ainda desconhecida, ou uma esperança vã, talvez?

A luz tornou-se menos incisiva e a sombra mais distinta à medida que as visitas se multiplicaram. Com o tempo, Viens passou a racionar a comida, de modo que já não passava tantas horas sem comer e, quando era visitado, seu raciocínio não o traía a custa do cheiro do pão ou do gosto da sopa, e podia ser direcionado para outro fim. Percebeu, por exemplo, que o vulto apresentava contornos femininos. A voz sugeria alguém de idade já avançada, embora ainda longe das fronteiras da quarta idade[4]. Parecia amigável e, de certo modo, preocupada com sua condição, ou era a solidão dos dias sem sol e a con-

4 Período da vida thargoriana que corresponde à aproximação da velhice, por volta dos 170 anos [60 anos, na idade dos homens da Terra]

fusa sensação de proximidade que as constantes visitas proporcionavam que o estavam afetando, a ponto de confundir obrigação com benevolência?

– Por que estão fazendo isso comigo?

Ela demorou um longo tempo antes de responder, os gestos denunciando antecipadamente a resposta.

– Eu... sinto muito por tudo isso. Mas... é preciso!

– A guerra. Isso tem alguma coisa a ver com a guerra? Por que me trouxeram para esta Cidade? Meu pai...

– Você não deve se preocupar. Em breve, tudo estará terminado.

Viens aproximou-se e tocou as saias do vulto, que recuou involuntariamente.

– A senhora é boa. A única coisa boa neste inferno escuro e úmido.

Ela continuou estática, muda.

– Sabe, eu tinha um... amigo no vilarejo onde... onde... – Viens respirou fundo, tentou uma, duas vezes, até que as palavras lhe voltaram aos lábios. – Ele sempre me falava desta Cidade, do quanto gostaria de conhecer a grandiosa capital do reino, ver suas torres negras e, do alto delas, vislumbrar tudo o mais, o mundo inteiro. Mas agora ele está morto e as cores com que pintara todos aqueles sonhos se tornaram apenas um negrume eterno para mim.

Viens recuou para o interior da cela, recostou-se na parede úmida e deixou que a escuridão dominasse tudo, dentro e fora de si. E, imerso neste todo negro, não percebeu que, mais uma vez, o vulto havia desaparecido.

Nos dias que se seguiram, no entanto, as visitas tornaram-se mais frequentes. De aparições esporádicas aquela presença bem-vinda passou a ser diária, tendo ocasiões em que o vulto esteve com ele duas vezes no mesmo dia. As conversas também se deslocaram para outras searas. Thaïne (era esse seu nome) lhe contou sobre o tempo, sempre chuvoso naquela estação do ano, as extensas chuvas que banhavam da mesma forma as altas torres e os campos em volta da Cidade, sobre seu povo e sobre a guerra infindável. Contou-lhe sobre os dias longos em que os gritos das batalhas se sobrepunham à algaravia dos pássaros, dos muitos que haviam partido para não mais voltar e dos pais e filhos que haviam deixado aos prantos as esposas e mães zelosas.

– Por que vem aqui? – perguntou-lhe Viens.

Thaïne moveu um pé para fora da minúscula cela e ele temeu que, por suas palavras, ela o deixasse novamente. Tinha se apegado às visitas com uma devoção ferrenha, como alguém que espera sair o sol para começar a viver.

– Você... me lembra alguém... muito especial.

Silêncio.

Viens, sem perceber, se pegou brincando com a escuridão, criando formas no vazio, jogo que inventara para não enlouquecer durante as longas horas de solidão e lembranças amargas, ou quando a presença dela não trazia a luz para seus olhos.

– Obrigado.

Thaïne foi tomada pela surpresa.

– Por que me agradece?

Ele rabiscou com a ponta dos dedos os contornos de um rosto perdido pelo correr dos dias. Um rosto querido, agora ausente. Vhess!

– Antes de você chegar eu apenas ansiava a morte e a esperava neste cubículo sem mais ter o que fazer ou pensar. Agora, de algum modo, sinto que ainda posso ter esperança, por mínima que seja, de sair daqui.

Thaïne nada disse. Apenas olhou-o (ou assim ele quis imaginar), deu-lhe as costas e saiu.

E Viens não a viu mais. Por longos quatro dias imaginados a fresta de luz não apareceu e nenhum vulto se interpôs entre ela e a cela escura. A comida, agora rigorosamente posta duas vezes ao dia, era introduzida por uma portinhola localizada na base da porta. Porém, diferente de antes, sem luz ou presença alguma.

No quinto dia, Thaïne voltou. No entanto, desta vez a luz não estava com ela e, de momento, Viens teve dificuldade em reconhecer seu vulto.

– Viens, acorde.

– Thaïne, o que...

Ela puxou-o pelo braço e tentou colocá-lo de pé. Contudo, dado o muito tempo de claustro, as câimbras e as dores o tomaram de assalto, ele balançou perigosamente para trás e caiu.

– Você tem que fugir – disse ela, enérgica. – Agora!

E novamente desapareceu. Em seu lugar restou o espaço aberto, um vazio desafiador que deixava à mostra uma luz difusa e um caminho de pedras que se elevava à esquerda.

Viens levantou-se indeciso, se tanto pela fraqueza ou pelo temor do que o aguardava do outro lado da porta. Depois do longo tempo de escuridão, da certeza da morte e da falta de alimento para os olhos e para a alma, ver a forma imprecisa do calçamento de pedra lhe causava calafrios.

Os pés ultrapassaram o umbral com passos vacilantes e ele se viu diante de uma subida íngreme que não se lembrava de ter descido. Colou-se à parede úmida, os olhos vidrados num brilho longínquo, e se arrastou para fora daquele lugar de pesadelo. Outras celas, também escuras e úmidas, passaram diante de seus olhos e sob suas costas, enquanto a luz se tornava cada vez mais próxima.

Um arco de pedras escuras deixava à vista uma ampla câmara subterrânea onde uma centena de outros túneis se perdia na escuridão.

"*Qual deles devo seguir?*", pensou, alarmado. Qual daquelas malditas bocarras negras poderia levá-lo para fora dali?

Escolheu aleatoriamente um túnel entre os mais próximos, escavado à direita de uma estranha máquina formada por engrenagens, múltiplas correias e roldanas, e avançou cambaleante. Infinitos minutos se passaram até que, desgraçadamente, ele se viu diante de uma dezena de soldados armados que rondavam outros tantos que dormitavam ou se banqueteavam ou testavam a sorte num jogo curioso, mescla de argolas e peças retangulares dispostas sobre um tabuleiro heptagonal.

Viens recuou às pressas, antes que os soldados o vissem, e aguardou. Escolhera o caminho certo, mas como passaria por tantos deles?

Retornou à primeira galeria e escolheu outra passagem, um túnel menor localizado imediatamente à direita de onde saíra. Passos incertos o levaram até um portão de madeira crua, apequenado e sem importância aparente, cuja tranca estava enlaçada por uma corrente gasta de onde pendia um cadeado, também envelhecido. Viens puxou-o com força, na esperança de criar uma abertura por onde pudesse se esgueirar, mas o espaço era insuficiente até mesmo para seu corpo franzino. Então, lembrou-se de que no chão da câmara principal havia dezenas de pedras soltas e, de posse de uma delas, poderia quebrar o lacre e avançar. A resistência foi pouca e, vencido o obstáculo, ele se viu num largo corredor mal iluminado, todavia limpo e desprovido daquele fedor nauseabundo que impregnava as celas subterrâneas. Correu o mais rápido que suas pernas permitiram, sempre subindo, e quando já não restava fôlego para mais um passo sequer, recostou-se às sombras e aguardou.

Nada parecia se mover nas proximidades. Viens se levantou, ainda respirando com dificuldades e, de uma das janelas, viu a noite avançar sobre a Cidade, a eterna chuva a lhe fazer companhia, e sentiu o cheiro do ar úmido invadir-lhe as narinas como uma benção assaz bem-vinda. Apoiou-se no parapeito e olhou para baixo, mas a altura colossal lhe causou vertigem. Estava em um dos grandes torreões, o que significava que tomara o caminho errado e que teria de vencer o castelo inteiro se quisesse alcançar as ruas para além da muralha. Às suas costas, um pequeno facho de luz se projetou mais adiante, numa curva do corredor.

– Ele não resistirá a mais esta noite – a voz o surpreendeu a ponto de quase fazê-lo cair e Viens retrocedeu assustado para as sombras protetoras. Dois sacerdotes passaram apressados e desapareceram corredor afora, permitindo-lhe seguir até o lugar de onde os vira sair.

Uma porta!

Símbolos diversos ocupavam todo o umbral, desenhos que, pelo modo peculiar com que foram talhados, deviam servir de proteção à entrada. Viens empurrou-a com cuidado, entrou e se viu num quarto parcamente iluminado, adornado apenas por uma cama, posta no centro do aposento, e por cinco torres que a circundavam e nas quais ardiam chamas de diferentes matizes, vermelho, azul, amarronzado, branco e um que não era precisamente fogo, mas que aparecia e desaparecia com um ondeio semitransparente. Mais afastada, uma sexta coluna se elevava solitária na semiescuridão da câmara. E sobre a cama, coberto por faixas e unguentos de cura, um jovem jazia deitado.

Viens aproximou-se cauteloso, até que seu rosto tornou-se nítido entre as brumas que o cercavam. Tinha praticamente a sua idade, cabelos lisos emoldurando um rosto de expressão sofrida e um corpo que já fora forte, mas que agora apresentava as marcas macilentas de uma prostração demorada. Ele ergueu a mão e tocou sua face: queimava. Quem quer que fosse, aquele jovem estava prestes a morrer.

– O que faz aqui? – Uma voz alarmada, carregada de dor, cruzou a câmara vinda da porta entreaberta.

– Você? – Viens afastou-se e encarou a sombra que o libertara, a mulher que lhe trouxera alento em meio aos longos dias de escuridão.

– O que faz aqui? – repetiu ela, correndo para ele, os olhos, no entanto, postos no jovem deitado ao seu lado. – Disse para partir. Por que não fugiu?

– Eu... procurava a saída e... – Viens acompanhou os gestos aflitos de Thaïne e, afinal, percebeu. – Ele... ele é seu filho, não é?

Ela não respondeu de imediato. Após enxugar o suor e apartar uns quantos fios de cabelos da testa do rapaz, virou-se para ele e falou com uma rispidez que a princípio o assustou e, depois, comoveu-o:

– Saia daqui, agora. Antes que...

As portas se escancararam e um vento selvagem invadiu a câmara, agitando as chamas das torres e arremessando-o violentamente contra a sexta coluna de pedras. Viens segurou um grito de agonia quando uma pontada o fez levar as mãos às costas. Porém, no instante seguinte, correntes de ar invisíveis ergueram seus braços e os ataram à coluna, acima de sua cabeça.

– Nosso convidado não irá à parte alguma – um homem idoso alto, de vestes longas e gestos enérgicos, entrou na câmara, os olhos faiscantes postos em Viens. Atrás dele, precedendo seis soldados armados de longas cimitarras, uma figura negra, de aparência simiesca, fez um gesto brusco e os ventos abrandaram até desaparecerem por completo, restando em seu lugar apenas grossas correntes que prendiam os braços de Viens à coluna de pedra. – Ora, ora. Que raro encontrá-lo aqui, meu jovem, uma vez que deveria estar em seus... hum, aposentos – continuou, ao mesmo tempo em que lançava a Thaïne um olhar fulminante.

Ela encolheu-se atrás da cama e, amedrontada, desviou o rosto.

– Há algo que minha estimada rainha queira dizer?

– Chega desta loucura, Liardh. – Thaïne segurou com mais força a mão do jovem enfermo entre as suas, olhou-o mais uma vez e continuou: – Ele não aprovaria isso. Nosso filho não...

– Cale-se – disse ele secamente. – Não chegamos até aqui para que você ponha tudo a perder por... piedade.

Liardh foi até a esposa, o semblante envelhecido riscado por uma careta tresloucada, misto de raiva e desespero. Pegou-a rudemente pelos braços e puxou-a para junto de si.

– Olhe para ele. OLHE! Acha justo o que aconteceu? Acha que devemos entregá-lo às mãos do destino sem sequer lutar? – Virou seu rosto com a ponta do dedo, mas Thaïne se desvencilhou lentamente e voltou a fitar os próprios pés. – Sabe que temos que fazer isso. Não há outro meio. O tempo corre mais e mais depressa e as mãos de Lwryanne não podem segurá-lo indefinidamente.

Ele lançou uma olhadela automática para a bruxa negra que se esgueirava, tal qual uma serpente, até os lados da cama.

– Afaste-se dele – esbravejou Thaïne, ao notar as mãos informes dançando sobre o rosto do filho. Ela nada disse, apenas voltou para as sombras e aguardou.

– Thaïne, por favor – suplicou Liardh, e havia uma nota de desesperadora verdade em seu apelo.

– Mas... ele é só uma criança, como Jahred.

– Ele é só um camponês – explodiu Liardh. – Um qualquer, sem nome ou história. Alguém que passará pela vida sem acrescentar à sua melodia eterna uma ínfima nota sequer. Como ousa compará-lo a nosso filho? – Ele tornou a subjugá-la pelos braços, agora com mais força. – Se este jovem tem que servir para algo, se sua existência medíocre realmente tem algum valor, que seja para trazer de volta nosso filho.

Thaïne deixou pender a cabeça, as lágrimas escorrendo sobre a face consumida pelos dias de dor até sumir por entre os vincos do colo.

– Eu... sinto muito.

Num gesto rápido, ela puxou os *Mahâe*[5] que pendiam do cinturão de Liardh e os arremessou, primeiro um, depois outro, com uma força e precisão que não faziam jus à sua figura frágil, destruindo as amarras que mantinham Viens preso.

Ele desabou coluna abaixo, caindo de qualquer jeito sobre o chão duro e tentando recompor-se tão rápido quanto lhe permitia sua persistente fraqueza.

– NÃO! – gritou Liardh. – Lwryanne, prenda-o!

A bruxa fez um gesto de invocação, mas Thaïne, novamente de posse das esferas prateadas, lançou-as desviando sua atenção, ao mesmo tempo em que Viens se jogava cambaleante sobre um dos guardas na tentativa de tomar-lhe a espada.

Porém, vencido o soldado – mais pela surpresa do ato que pela força do ataque –, Viens sequer teve tempo de usar a arma recém-conquistada, pois uma chama negra, feita de salamandras faiscantes, irrompeu do alto da sexta coluna paralisando a todos. Uma densa fumaça começou a se espalhar por toda a câmara, como se as sombras ganhassem vida e teimassem em assumir forma diante de seus olhos amedrontados.

5 As armas reais dos *Hhaldóre*, formadas por duas argolas prateadas de fio laminado e cortante, utilizadas tal e qual um bumerangue.

Enquanto o fogo negro que as alimentava tomava corpo e se avolumava, os fogos das outras cinco colunas bruxulearam e diminuíram sensivelmente de tamanho.

Viens recuou assustado e parou no limiar da porta, lugar até há pouco ocupado pela guarda senhorial de Liardh.

– *Uma alma pela outrra* – uma voz arrastada, desacostumada ao idioma comum, se propagou pelo ar. – Este é o acordo!

As salamandras negras rodopiaram no ar, transformando-se em espirais que se desprenderam da coluna de pedra, desceram e assumiram feições imprecisas, vultos maltrapilhos com gesto e forma humana.

– *Azoreus, d'arennór de hyén*[6] – disse a bruxa.

Ao ouvi-la, as duas figuras viraram-se na direção de Viens e avançaram. Aterrorizado, ele sentiu como se suas pernas não mais o obedecessem e como estava permaneceu, até que o bafo quente que se desprendia de uma das criaturas o tirou do torpor no qual havia imergido. Mais por instinto que por ciência, ele girou a cimitarra em arco golpeando-a na altura da cintura, o que a fez recuar em meio a um grito inumano de agonia. Outra tentativa e novamente Viens a rechaçou com o aço da espada.

– O que... o que são estas coisas? – gritou.

– *Condutores* – respondeu-lhe Thaïne. – São *condutores de almas*. Criaturas do submundo. Não os deixem tocá-lo.

Com gesto nervoso e pouco firme, Viens começou a girar a arma em círculos à sua volta, criando um perímetro de defesa de pouco mais que um metro de diâmetro. As criaturas retrocediam a cada nova volta da espada e, após mais uma ou duas tentativas de aproximação, passaram a rodeá-lo, como um animal faminto faz com a caça acuada. Não obstante,

---

6 Traduzido do Anthár: "*Cobrem o acordo*".

continuaram buscando meios de se aproximar; porém toda vez que ensaiavam uma nova investida, Viens lhes mostrava o brilho da espada e elas recuavam novamente.

Lwryanne sibilou qualquer coisa ininteligível e as duas criaturas, esquecendo-se dele, voltaram-se para outro lado. Ao percebê-las próximo de si, Liardh se desesperou.

– Não! Afastem-se! Lwryanne, afaste-os de mim.

Mas a bruxa negra sequer lhe prestou atenção. Ambos os *condutores de almas* o envolveram e a escuridão de suas vestes o suspendeu no ar. Liardh se debateu e gritou e lutou, mas era como duelar contra o vazio, contra o frio nada.

– LIARDH, NÃO! – Thaïne agarrou as armas e avançou contra a nuvem negra que envolvia seu marido. – DEIXEM-NO EM PAZ.

Os *Maháe* atravessaram um dos *Azoreus*, que se desintegrou no ar para logo depois reaparecer sobre ela, jogando-a no chão. Ela reergueu-se espavorida, apenas a tempo de ver Liardh cair inerte e uma nuvem negra, a mesma que há pouco tomara seu marido, cobrir o corpo do filho.

Thaïne correu até ele, mas uma força invisível a impediu de se aproximar. Era como se o próprio vento lutasse contra sua vontade de socorrer o filho. Ela gritou e gesticulou e atirou a última arma contra a parede invisível, apenas para ver seus esforços não surtirem efeito algum.

– Por favor, ajude-me! – suplicou a Viens.

Ele reuniu as parcas forças que ainda lhe restavam e se atirou, espada em punho, contra as colunas, mas os ventos cobraram vida e o empurraram de volta à porta. Novamente ele tentou e novamente foi impedido por mãos invisíveis.

– *O acorrdo deve serr concluído* – Lwryanne apareceu por detrás da coluna, as mãos apenas se movendo perceptivelmente, direcionando os ventos contra Viens e Thaïne.

E, um segundo depois, tudo estava acabado.

A nuvem negra reassumiu a forma imprecisa do *Azoreus* e regressou, junto de seu irmão, para as chamas sobre a coluna de pedra, para logo depois desaparecerem num estalido lânguido.

O brilho das demais torres foi-se apagando gradativamente, até restar na câmara apenas a luz baça proveniente do corredor.

– Bruxa maldita – Thaïne levantou-se furiosa e investiu contra Lwryanne, as mãos nuas e crispadas tal qual garras.

– *Está feito. O acorrdo foi aceito* – disse ela e desapareceu, tragada pela escuridão, antes que Thaïne tivesse chance de alcançá-la.

Viens largou a espada e correu para ajudá-la, mas ela o repeliu violentamente.

– LARGUE-ME! Tudo isto é culpa sua. Você deveria ter feito o que eu disse, deveria... oh, deuses! Liardh, o que foi que eu fiz? – e caiu num choro convulsivo, agarrada ao braço de Viens.

Ele a apertou mais contra si, ignorando os socos e espasmos agressivos. Ficaram assim por um tempo que ele não soube precisar, até que um murmúrio fraco se sobrepôs ao choro de Thaïne.

– M-mãe?

Ela não entendeu de imediato o significado daquele som, até que a repetição da palavra, duas, três vezes, a trouxe de volta à vida. Os soluços deram lugar a esforços desesperados para pôr-se de pé e, mal o teve diante de seus olhos incrédulos, Thaïne se lançou sobre a cama, para junto do filho desperto.

– Jahred. Você voltou!

Ele retribuiu o abraço de forma desajeitada, como se não compreendesse a totalidade do gesto.

– Mãe, eu tive um sonho... Havia um abismo escuro e meu pai...

Mas Thaïne não o deixou continuar. Cuidadosamente, como quando criança, ela o aninhou em seu colo, embalando seu descanso com uma canção entremeada de pequenos soluços.

A guarda, devidamente reforçada por mais uns quantos soldados, reapareceu no limiar da porta e, ao verem seu senhor caído aos pés da cama, investiram furiosos contra Viens.

– Deixem-no – ordenou bruscamente Thaïne, ao que os guardas retrocederam, perplexos. – Já acabou. Vá para casa, criança. Ninguém o impedirá.

E, após confirmar a ordem com um olhar severo que não dava margem a contestações, voltou sua atenção e cuidados para o filho.

Viens levantou-se indeciso, dedicou-lhe um meneio de cabeça, que ela sequer percebeu, atravessou a maré de guardas que o encaravam e desapareceu na penumbra do corredor.

A primeira hora da manhã o encontrou parado nas cercanias da Cidade, absorto. Abaixo, nas casas que rodeavam as altas muralhas, nos vales e além, o mundo seguia sua rotina diária de acontecimentos, alheio à sua desventura. Viens olhou para o norte e para o leste, acima e abaixo dos vales longínquos, mas não viu em seus recortes nenhum caminho que pudesse seguir. Fitou a Cidade às suas costas, buscando qualquer nota de esperança em suas ruas ainda escuras, mas bastou com olhar o grande torreão para ter a certeza que permanecer ali estava totalmente fora de cogitação.

Thaïne havia-lhe dito que voltasse pra casa, mas o fato é que ele já não tinha mais casa para onde voltar. E, presa desta triste verdade, Viens fez a única coisa que ainda lhe cabia fazer: deu o primeiro passo em seu novo caminho, rumo às incertezas dos dias futuros.

Eric Novello
É autor, tradutor e roteirista. Lançou seu 1º livro em 2004, já participou de diversas coletâneas, com contos também em e-book e em jornal. Pela Draco publicou Neon Azul e A Sombra no Sol, e é coorganizador da coleção Amores Proibidos.
twitter @cericn site www.ericnovello.com.br

Antonio Luiz M. C. Costa
Sempre gostou de literatura em geral e de fantasia e ficção científica em especial, mas formou-se em engenharia de produção e filosofia, fez pós-graduação em economia e trabalhou como analista de investimentos e assessor econômico-financeiro antes de reencontrar sua vocação na escrita, no jornalismo e na ficção. Hoje escreve sobre a realidade na revista CartaCapital e sobre a imaginação em outras partes, publicou a antologia *Eclipse ao pôr do sol e outros contos fantásticos* (2010), o romance *Crônicas de Atlântida – O tabuleiro dos deuses* (2011), além de colaborar com os meios a seu alcance para o desenvolvimento da ficção especulativa no Brasil.

José Roberto Vieira
Nasceu em 1982, na capital de São Paulo. Formado em Letras pela Universidade Mackenzie, atuou como pesquisador pelo SBPC e CNPQ, atualmente é redator e revisor. Teve contos publicados na coletânea *Anno Domini – Manuscritos Medievais* (2008) e *Pacto de Monstros* (2009). Seu romance *O Baronato de Shoah – A Canção do Silêncio* (2011) é o primeiro de uma série. blog www.baronatodeshoah.blogspot.com

Tiago Toy
O nome real é proibido mencionar, assim como sua idade. Nasceu por engano em uma cidadela no interior de SP. Já atuou, desenhou, dançou e cantou. Em 2009 foi pra capital em busca de seu destino com 50 reais e 30 miojos na mochila. Escreve nas horas vagas. O seu romance de estreia, *Terra Morta: Fuga* (2011)surgiu há 2 anos por acaso na internet e arrebanhou uma fervorosa legião de zumbis. Ops, fãs. Adora cappuccino e sente saudades de sua gata.

Carlos Orsi
Natural de Jundiaí (SP) é jornalista especializado em cobertura de temas científicos e escritor. Já publicou os volumes de contos *Medo, Mistério e Morte* (1996) e *Tempos de Fúria* (2005) e os romances *Nômade* (2010) e *Guerra Justa* (2010). Seus trabalhos de ficção aparecem em antologias como a *Imaginários v. 1*(2009), *Vaporpunk* (2010), *Dieselpunk* (2011), revistas e fanzines no Brasil e no exterior.

Douglas MCT
nasceu em Socorro, interior de SP, em 1983, e atualmente reside na capital. Roteirista de games, quadrinhos, animações, filmes e seriados. Escreveu para os quadrinhos da Turma da Mônica e teve contos publicados nas coletâneas *Anno Domini* (2008), *Território V* (2009) e *Imaginários v. 3* (2010). É autor de duas séries de romances, *Necrópolis* (2010) e *O Coletor das Almas* (2012). Suas primeiras histórias foram premiadas com o Mapa Cultural Paulista em 2001 e 2003.

Rafael Lima
Nascido em 1986, Rafael Lima é carioca, publicitário formado pela PUC-Rio e webdesigner. Autor do romance tecnofantástico *Aura de Asíris – A Batalha de Kayabashi* (2009), participa também da coletânea *Fantasias Urbanas* (2012). Flamenguista de coração, é fã de ficção especulativa em qualquer mídia. Seus autores favoritos são Alan Moore, Neil Gaiman e Rubem Fonseca. twitter @raglima site www.osreisdorio.com

Ana Cristina Rodrigues
é escritora, historiadora, editora, tradutora, funcionária pública e mãe, não necessariamente nessa ordem. Vive em Niterói, com o marido, o filho e um número sempre flutuante de animais diversos. É contista publicada no Brasil e no exterior, com preferência pela fantasia histórica e/ou urbana. Tem seus contos reunidos nas antologias *AnaCrônicas*, finaliza um romance e é editora da Llyr Editorial.

Erick Santos Cardoso
é desenhista de coração e editor de profissão. *American* ninja. Acumula no currículo muito mais habilidades ancestrais que certos escritores estadunidenses. Gosta de pizza e videogame e trilhas sonoras e bichos. twitter @ericksama

Rober Pinheiro
é publicitário, tradutor e escritor. Cearense radicado em São Paulo, é autor do romance de fantasia *Lordes de Thargor, o Vale de Eldor* (2008) e de contos situados neste e em outros universos fantásticos. Participou das coletâneas *Paradigmas* (2010), *Imaginários v. 3* (2010), *Medieval Sci-Fi* (2010), *Sagas, Vol. 1 – Espada& Magia*, (2011) e *Bestiário* (2012). É organizador das coletâneas *A Fantástica Literatura Queer* (2011) e *Fragmentos do Inferno* (2011). blog roberpinheiro.blogspot.com site outracoisa.com.br

Este livro foi impresso em papel pólen bold
na Printing & Internet Solution S/A em Abril de 2012.